ACQUARELLI

19

Raccolta di classici
a cura di Angela Cerinotti

PALLA DI SEGO

e altri racconti

di Guy de Maupassant

Traduzione e presentazione
di Francesco Franconeri

Titolo originale: *Boule de suif*, *Monsieur Jacaste*, *Père Jude*.
Copertina: Giulia Pianigiani

PALLA DI SEGO
1ª edizione luglio 1993

Viale del Lavoro, 52
37012 Bussolengo (VR)
Tel. 045/6767222 - Fax 045/6767205

Guy de Maupassant: la vita e le opere

1850
Henry-René-Albert-Guy de Maupassant nasce il 5 agosto nel castello di Miromesnil a 8 chilometri da Dieppe. Il padre Gustave appartiene a una famiglia di recente nobiltà. Proprietario terriero, è stato funzionario dello Stato. La madre è Laura Le Poittevin, figlia di un industriale di Rouen e amica di Flaubert. Fino al 1853 il piccolo Guy vive nella villa di Verguies e studia con un precettore, attentamente seguito dalla madre

1856
Dopo anni di incomprensioni, i genitori si separano definitivamente.

1863
Entra nel collegio ecclesiastico di Yvetot, da cui viene espulso l'anno seguente per avere scritto poesie licenziose. Se concentra sulle letture di autori che rimarranno i suoi prediletti: Victor Hugo, de Laclos, de la Bretonne, De Sade.

1867
Si iscrive al liceo di Le Havre. Poi passa all'università di quella città, ottenendo il diploma in lettere.

1869
Si trasferisce a Parigi per seguire gli studi di legge.

1870-71
Partecipa, pur restando nelle retrovie, al conflitto franco-prussiano.

1872
Viene assunto come funzionario presso il ministero della Marina.

1872-80
Sotto la guida di Flaubert comincia a scrivere. Viene da lui presentato nel mondo giornalistico e letterario. Pubblica articoli di critica letteraria su diversi giornali. Nel 1875 viene rappresentata la sua prima opera teatrale, *A la feuille de rose, maison turque* ("Al petalo di rosa,

casa turca"), che provoca un certo scalpore. Inizia a frequentare Emile Zola. Nel '78 lascia il ministero della Marina e passa a quello dell'Istruzione, dove rimarrà fino all'80. Nel '79 deve far rinchiudere in manicomio il fratello Hervé per gli effetti di una malattia ereditata dal padre, la stessa che colpirà anche lui. Nel 1880 partecipa con *Boule de suif* (Palla di sego) a una raccolta di scritti considerata il manifesto del naturalismo. Pubblica una raccolta di poesie — *Des vers* e una seconda commedia, *Histoire du vieux temps* ("Storia del tempo andato"). Decide di dedicarsi esclusivamente allo scrivere.

1880-90
È il decennio della massima produzione letteraria. Pubblica qualcosa come 300 racconti, sei romanzi e tre libri di viaggi, nonché svariati articoli sui giornali. Nell'81 *La maison Tellier* (raccolta di racconti). nell'82 *Mademoiselle Fifì* (altra raccolta). nell'83 il romanzo *Une vie* ("Una vita") e la raccolta *Contes de la Bécasse*. nell'84 la raccolta *Clair de lune* e il libro di viaggi *Au soleil* ("Sotto il sole"). Nell'85 il romanzo *Bel Ami* e le raccolte *Les soeurs Rondoli* e *Contes et nouvelles*. Nell'86 le raccolte *La petite Roque* e *Monsieur Parent*. Nell'87 il romanzo *Mont-Oriol* e le raccolte *Toine* e *Le Horla*. Nell'88 il romanzo *Pierre et Jean* ("Pietro e Giovanni"), la raccolta *Le rosier de madame Husson* e il libro di viaggi *Sur l'eau* ("Sull'acqua"). Nell'89 il romanzo *Fort comme la mort* ("Forte come la morte") e la raccolta *La main gouche*. Muore in quell'anno suo fratello Hervé. Nel '90 pubblica il romanzo *Notre coeur* ("Il nostro cuore"), la raccolta *L'inutile beauté* e il libro di viaggi *La vie errante* ("La vita errante").

1891
Le condizioni fisiche e psichiche dello scrittore si aggravano, vuoi per la malattia ereditata dal padre, vuoi per la vita sregolata e l'abuso di sostanza stupefacenti quali l'etere. I medici non sanno diagnosticare il suo male ed egli è preda delle più svariate e inspiegabili infermità. Si accentua l'instabilità mentale.

1892
Tenta di suicidarsi e viene ricoverato a Passy, presso la clinica del dottor Blanche.

1883
Il 6 luglio muore, all'età di 43 anni.

Il mago delle storie

Palla di sego si legge d'un fiato non tanto per il numero contenuto delle pagine, ma perché la suspense è immediata, inevitabile. Non ha caso si è spesso commentato che i migliori racconti di Guy de Maupassant sono assai simili ai gialli più riusciti. Un noto critico ha scritto che un racconto di questo grande scrittore (per esempio proprio *Palla di sego*) e una storia del Maigret di Simenon hanno questo in comune: si nota poco la parola sulla pagina, e molto il mondo e i personaggi che delinea. Ci si accorge poco della tecnica dell'autore — però molto della voglia di giungere all'ultima pagina per scoprire, finalmente, "come va a finire".

In questa capacità dello scrittore di cedere il proscenio ai suoi personaggi, ai fatti che racconta, alle atmosfere, sta l'arte più fina del raccontare. Ci sono scrittori che impongono la loro scrittura — nel senso che si notano soprattutto gli arditi accostamenti di parole, le immaginose metafore, i ritmi, finanche la scelta particolarissima delle parole. Sono scrittori che prima "fanno prosa", poi raccontano. Vanno apprezzati per questo: spesso, infatti, i loro esperimenti, le loro invenzioni aprono canali linguistici ad altri. E ci sono scrittori che, come de Maupassant, mettono la loro maestria tutta al servizio del raccontare, ed è soprattutto leggendo le loro pagine che siamo indotti ad abbandonare momentaneamente la realtà che ci circonda e a vivere la storia e l'ambiente che dalle pagine sembra attirarci, assorbirci, avvolgerci. Non è forse vero che leggendo la prosa "apparentemente" semplice e scarna di *Palla di sego* ci ritroviamo anche noi seduti in quella carrozza sotto la neve, e finiamo anche noi — sì, proprio noi, in prima persona — nell'alberghetto di provincia, tra gli odori della cucina e le sensualità delle circostanze?

* * *

Palla di Sego è il soprannome di una "donnina allegra", che capita in un gruppo di "borghesi" preoccupati di salvare la loro ricchezza e la loro pelle. Siamo in Francia — in una Francia sconfitta e preda dell'eterno nemico tedesco. Tra quella gente-bene, Palla di Sego viene derisa, umiliata, trattata insomma per quello che è: però viene anche circuita perché, si sa, una cosa è disprezzare una donna di facili costumi, un'altra è impedirsi dall'usufruirne...

Fattostà che tra tutti quei signoroni, solo Palla di sego dimostra dolore vero per la sconfitta francese, e un sincero amore per la sua terra. Poco importa. Succede che finiscono tutti in mano a un ufficiale tedesco che subito li pone davanti a una drammatica scelta: li lascerà liberi, e ricchi, se Palla di Sego andrà almeno una volta a letto con lui. Cosa decideranno i benpensanti signori? Soprattutto, cosa deciderà l'allegra, ma patriottica, Palla di sego?

* * *

A proposito di questa storia di Guy de Maupassant è stato scritto, giustamente, che somiglia molto a una favola — anzi, a una parabola che delinea in modo esemplare i tratti non soltanto di una società ben radicata nei propri egoismi, ma dell'animo umano. Certo, i protagonisti della vicenda sono francesi, il periodo è quello della storica invasione prussiana, ma si tratta solo dello scenario. Emergono da esso i nostri ritratti più eterni, più slegati da particolari ambienti, da particolari periodi. L'attaccamento al denaro, la vigliaccheria che diventa astuzia, l'egoismo che si spaccia per ragionevolezza, Dio che serve solo per giustificare se stessi, non sono forse gli elementi che ci contraddistinguono da sempre? E non è nel tentativo di liberarci da questi nostri fardelli che si dipana la grande avventura umana?

Guy de Maupassant non maledice i pavidi, non condanna gli egoisti, non frusta i deboli: li descrive e li pone davanti a noi tutti, e a se stesso, quasi a dire: ecco, sono specchi. In essi possiamo vederci, possiamo riconoscerci, possiamo capire in cosa dobbiamo cambiare. C'è una frase, nel racconto, che viene pronunciata dal conte. Dice, "Non bisogna mai resistere a coloro che sono più forti." Oltre allo spasso che *Palla di sego* ci offre, ci porge anche questo dilemma: bisogna resistere? O è davvero giusto non farlo? E se invece bisogna, in che modo resistere?

Se ognuno di noi si ritroverà a riflettere su questo, allora la perfetta parabola di de Maupassant, questo mago delle storie, avrà colto nel segno.

Palla di sego

Ormai da molti giorni lembi dell'esercito in rotta attraversavano la città. Non erano neanche più soldati regolari, ma orde di sbandati, uomini dalla barba lunga e sporca, l'uniforme a brandelli, che si trascinavano senza forza, senza bandiera, senza reggimento. Sembravano svuotati, consumati, incapaci di pensare o di decidere, in marcia come per abitudine, e cadevano a terra sfiniti appena si fermavano. Erano quasi tutti dei richiamati, gente pacifica, possidenti tranquilli ricurvi ora sotto il peso del fucile; oppure ragazzi sempre sul chi vive, facili allo spavento come all'entusiasmo, pronti all'attacco come alla fuga; poi, ogni tanto, si vedevano alcune braghe rosse, rimasugli di una divisione frantumata in una qualche grande battaglia; e ancora artiglieri cupi mescolati ai fantaccini; e, talora, l'elmo scintillante di un dragone che con passo pesante seguiva faticosamente la marcia più leggera dei soldati di linea.

L'una dopo l'altra erano transitate anche alcune legioni di franchi tiratori dagli eroici nomi: "Vendicatori della sconfitta", "Cittadini delle tombe", "Partigiani della morte": tutti come banditi.

I loro capi, già commercianti di stoffe o di granaglie, ex mercanti di sego o di sapone, guerrieri per caso, nominati ufficiali per il loro denaro o per la lunghezza dei baffi, carichi di armi, di maglie e di galloni, alzavano la voce, discutevano di strategie come se fossero sicuri di poter sostenere da soli, sulle loro spalle di fanfaroni, una Francia in agonia. Ma poi, spesso, avevano paura dei loro stessi soldati, pendagli da forca, gente dal coraggio sfrenato, saccheggiatrice e dissoluta.

Si diceva che i prussiani stessero per entrare a Rouen.

La Guardia nazionale, che da un paio di mesi compiva prudentissime perlustrazioni nei boschi vicini, talvolta prendendo a fucilate le proprie sentinelle, sempre pronta a dare battaglia non appena un coniglio si agitava sotto un cespuglio, era rientrata in caserma. Ed erano come d'incanto scomparse le armi, le uniformi, insomma tutto il mortale armamentario col quale per tre leghe intorno aveva terrorizzato i sassi delle strade nazionali.

Gli ultimi soldati francesi avevano finalmente attraversato la Senna per raggiungere Pont-Audemar da Saint-Sever e da Bourg-Achard; era transitato per ultimo, a piedi tra due ufficiali di ordinanza, il generale, disperato per non poter più nulla tentare con quei lembi allo sbando, lui stesso smarrito nella immane disfatta di un popolo abituato a vincere e ora disastrosamente battuto nonostante il suo leggendario ardimento.

Poi sulla città era calata una calma profonda, un'attesa piena di spavento, silenziosa. Molti panciuti borghesi, svirilizzati dai loro commerci, attendevano con ansia i conquistatori, timorosi solo che si considerassero armi i loro spiedi, i loro coltelli da cucina.

La vita sembrava essersi fermata; le botteghe erano chiuse, le strade come ammutolite. Ogni tanto un abitante, intimidito da quel silenzio, filava via rasente i muri.

L'angoscia dell'attesa era tale da far desiderare l'arrivo del nemico.

Durante il pomeriggio del giorno in cui le truppe francese se n'erano andate, alcuni ulani, sbucati non si sa da dove, attraversarono in fretta e furia la città. Poi, non molto tempo dopo, una massa nera scese dal colle Sainte-Catherine, mentre altre due orde di invasori comparvero sulle strade di Darnétal e di Boisguillaume. Le avanguardie dei tre reggimenti si congiunsero arrivando contemporaneamente sulla piazza del Municipio; l'esercito tedesco giungeva da ogni direzione, dispiegando i suoi battaglioni che facevano echeggiare le vie coi loro passi pesanti e cadenzati.

Gli ordini sbraitati da una voce straniera e gutturale risalivano lungo le case che parevano morte e deserte, quando invece, dietro le persiane, gli occhi spiavano tutti quei vincitori, padroni "per diritto di guerra" della città, dei suoi destini e della sua stessa vita. Gli abitanti, chiusi nelle loro stanze buie, erano in preda a quel panico che accompagna i cataclismi, i grandi sconvolgimenti della terra contro i quali a nulla valgono saggezza e forza. È una sensazione che riaffiora ogni volta che l'ordine stabilito delle cose viene rovesciato, quando più non esiste certezza, quando tutto ciò che è protetto dalle leggi degli uomini o della natura si trova alla mercé di una brutalità incosciente e feroce. Il terremoto che inghiotte sotto le macerie un'intera popolazione; lo straripamento del fiume che trascina con sé i contadini annegati, i cadaveri dei buoi e le travi strappate dai tetti; oppure l'esercito trionfante che massacra coloro che si difendono, costringendo gli altri alla prigionia, e che nel nome della spada saccheggia ringraziando Dio a colpi di cannone — tutti questi sono flagelli spaventosi che scardinano qualsiasi fede nella giustizia eterna, ogni fiducia nella protezione celeste e nella ragione dell'uomo.

A ogni porta bussavano piccoli drappelli di soldati, poi sparivano nelle case. Era l'occupazione che fa seguito all'invasione. E, per gli sconfitti, arrivava il momento di mostrarsi gentili verso i vincitori.

Dopo un po' di tempo, superato il primo terrore, subentrò una calma nuova. Presso molte famiglie l'ufficiale prussiano mangiava a tavola. Era a volte bene educato e, per cortesia, compiangeva la Francia ed esprimeva la propria ripugnanza per avere dovuto prendere parte a quella guerra. Gli si era grati per questi sentimenti; e poi chissà, un giorno ci sarebbe stato forse bisogno della sua protezione. Trattandolo bene si poteva riuscire ad avere qualche soldato in meno da nutrire. Del resto, perché offendere qualcuno da cui si dipende per ogni cosa? Agire a quel modo sarebbe stato più temerario che coraggioso — e la temerarietà non è più tra i difetti dei borghesi di Rouen, come era stato ai tempi delle difese eroiche di cui si vantava la loro città. Ci si diceva, infine, come ragione suprema ricavata dall'urbanità francese, che era consentito essere cortesi con il soldato straniero nella propria casa a patto di non palesare questa familiarità in pubblico. Fuori dalle mura di casa non ci si conosceva più, ma al loro interno si conversava volentieri, e il tedesco la sera si tratteneva sempre più a lungo davanti al focolare domestico.

Tutta la città ripigliava a poco a poco il suo aspetto di sempre. I francesi non uscivano ancora, ma i soldati prussiani gremivano le strade. Del resto, gli ufficiali degli ussari blu, che trascinavano con arroganza sui selciati i loro grandi strumenti di morte, non suscitavano nei normali cittadini più preoccupazioni di quante ne avessero suscitate, l'anno prima, gli ufficiali dei cacciatori che avevano tracannato in quei medesimi caffè.

Ciò nonostante qualcosa nell'aria c'era, qualcosa di sottile e d'ignoto, un'atmosfera diversa e intollerabile, quasi un odore che si spandeva — l'odore dell'invasione. Impregnava le case e le piazze, inquinava il sapore dei cibi, dava l'impressione di essere in viaggio, in luoghi molto lontani abitati da tribù barbare e pericolose.

I vincitori esigevano denaro, molto denaro. Gli abitanti pagavano sempre, e del resto erano ricchi. Però più un bottegaio normanno diventa ricco e più gli pesano i sacrifici, e si addolora per quelle parti delle sue sostanze che vede finire nelle mani altrui.

Intanto, non molto lontano sotto la città, lungo il corso del fiume in direzione di Croisset, Dieppedalle o Biessart, ai barcaioli e ai pescatori capitava sovente di tirare su dall'acqua il cadavere di qualche tedesco tutto gonfio nell'uniforme, abbattuto da una coltellata o da un colpo di randello, la testa scassata da una pietra, oppure spinto in acqua dall'alto di un ponte. La melma dei fondali seppelliva queste vendette oscure, selvagge e legittime, sconosciuti atti d'eroismo, mute imboscate sovente più rischiose delle battaglie scatenate a cielo aperto, mai coronate dalla gloria.

Infatti l'odio per lo Straniero infiamma sempre qualche Intrepido pronto a morire per un Ideale.

Alla fine, dato che gli invasori, pur assoggettando la città alla loro ferrea disciplina, non avevano perpetrato nessuno di quegli orrori che si diceva avessero commesso lungo tutta la loro trionfale marcia, ci si fece coraggio, e il bisogno di combinare affari tornò ad agitarsi nel cuore dei commercianti. Alcuni avevano grossi interessi a Le Havre, che era in mano all'esercito francese, e decisero di tentare di raggiungere quella città portuale arrivando per via di terra fino a Dieppe e poi imbarcandosi.

Ricorsero dunque ai buoni uffici degli ufficiali tedeschi coi quali avevano fatto conoscenza, e ottennero dal generale comandante della piazza il nullaosta per partire.

Venne pertanto noleggiata per il viaggio una carrozza a quattro cavalli, e dieci persone si prenotarono. La partenza fu fissata per l'alba di un martedì, per evitare ogni possibile assembramento.

Già da un po' di tempo le gelate avevano indurito il suolo e quel lunedì, intorno alle tre, grandi nuvole nere provenienti dal settentrione portarono la neve che cadde ininterrottamente tutta la sera e tutta la notte.

Alle quattro e mezza del mattino i viaggiatori si trovarono nel cortile dell'Hôtel de Normandie, da dove sarebbe partita la carrozza.

Erano ancora tutti assonnati e tremavano di freddo sotto le loro coperte. Si scorgevano appena l'un l'altro nell'oscurità, e infagottati com'erano nei pesanti indumenti invernali somigliavano a grassi prelati nelle loro tonache. Due di loro, comunque, si riconobbero, un terzo si avvicinò e cominciarono a chiacchierare.

"Porto con me mia moglie," disse uno.

"Altrettanto."

"Io pure."

Il primo disse ancora: "Non torneremo a Rouen, e se i prussiano dovessero avvicinarsi a Le Havre, passeremo in Inghilterra:"

Avevano progettato tutti la stessa cosa, tanto simili erano le loro mentalità.

Nessuno, intanto, provvedeva alla carrozza. Un lanternino, recato in mano da uno stalliere, compariva di quando in quando a una porta buia per scomparire subito in un altra. Zoccoli di cavallo urtavano la terra, attutiti dallo strame, e una voce parlava alle bestie e imprecava in fondo all'edificio. Un sussurro lieve di sonagli annunciò che si stava cominciando a bordare i cavalli; poi il sussurro diventò un fremito chiaro e persistente, ritmato dei movimenti dell'animale: ogni tanto si fermava, poi ripigliava con una brusca scossa che si accompagnava al rumore sordo di uno zoccolo ferrato che batteva in terra.

La porta fu chiusa di colpo. Cessò ogni rumore. I borghesi, intirizziti, ora tacevano: stavano lì immobili e rigidi.

Una cortina di fiocchi candidi brillava senza posa scendendo sulla terra; cancellava ogni forma, copriva tutto con una schiuma di gelo, e nel silenzio profondo della città, tranquilla e sepolta sotto l'inverno, si udiva soltanto quel fruscio vago, indescrivibile e fluttuante della neve che cadeva — era più una sensazione che un rumore, la vibrazione di atomi leggeri che sembravano riempire lo spazio e ricoprire il mondo.

L'uomo ricomparve con la sua lanterna; con una corda tirava un cavallo malinconico che non aveva affatto voglia di seguirlo. Lo sistemò contro il timone, attaccò le tirelle, fece parecchi giri intorno per stringere bene le bordature. Faceva tutto con una mano sola, giacché con l'altra reggeva la lanterna. Mentre stava per andare a prendere il secondo cavallo notò tutti i viaggiatori immobili e già bianchi di neve, e disse loro: "Ma perché non salite in carrozza? Se non altro starete al coperto."

Non ci avevano proprio pensato e ora si precipitarono per salire. I tre uomini piazzarono le mogli in fondo, poi salirono anch'essi; quindi anche gli altri, impacciati dagli indumenti, occuparono gli ultimi posti senza scambiarsi una parola.

Il pavimento della carrozza era ricoperto di paglia e i piedi vi affondavano. Le signore sedute dietro si erano portate dei piccoli scaldini in rame a carbone chimico; li accesero e per un po', sottovoce, ne elencarono i vantaggi ripetendosi cose che sapevano già da tempo.

Finalmente alla carrozza furono attaccati sei cavalli al posto di quattro, a causa della maggiore fatica che avrebbero dovuto fare. Una voce dall'esterno chiese: "Siamo tutti a bordo?"

Una voce rispose dall'interno: "Tutti."

Partirono.

La carrozza avanzava lenta lenta, a passo d'uomo. Le ruote affondavano nella neve; tutta la carrozza gemeva con sordi scricchiolii; i cavalli scivolavano, sbuffavano, fumavano e la gigantesca frusta del vetturino schioccava senza tregua, volteggiando di qua e di là, attorcigliandosi e sciogliendosi come un serpente oppure sferzava seccamente qualche groppone rotondo che allora si tendeva in uno sforzo ancora più violento.

Il giorno avanzava anch'esso, sia pure impercettibilmente. Quei fiocchi leggeri che uno dei passeggeri, rovenese puro sangue, aveva paragonato a una pioggia di cotone, non cadevano più. Un lucore sudicio filtrava dalle nuvole scure e gravide che facevano ancor più risaltare il biancore della campagna dove si stagliava ora una fila di grandi alberi vestiti di brina, ora una capanna incappucciata di neve.

All'interno della carrozza i passeggeri si osservavano curiosi nel chiarore malinconico di quell'aurora.

Dietro, nei posti più comodi, sonnecchiavano l'uno davanti all'altra, il signor Loiseau e consorte, commercianti all'ingrosso di vino in Rue Grand-Pont.

Già commesso di un padrone fallito negli affari, Loiseau ne aveva comperato i beni facendo fortuna. Vendeva a poco prezzo vino molto cattivo ai piccoli rivenditori delle campagne e aveva fama, presso gli amici e i conoscenti, di furbo matricolato, un vero normanno tutto astuzia e giovialità.

La sua fama di filibustiere era salda al punto che una sera, in prefettura, il signor Tournel, autore di filastrocche e di canzoni, dotato di spirito mordace e sottile, una vera e propria celebrità locale, aveva proposto alle signore, vedendole alquanto annoiate, di combinare una partita a "Loiseau vole". La battuta fece immediatamente il giro dei saloni del prefetto, raggiunse poi i salotti della città e fece ridere per un mese tutte le mascelle della provincia.

Loiseau era inoltre famoso per gli scherzi di ogni genere, per le facezie più o meno centrate, cosicché nessuno parlava di lui senza immediatamente aggiungere: "Davvero impagabile, quel Loiseau."

Piccolo di statura, esibiva una pancia a pallone sormontata da una faccia rubizza racchiusa da due favoriti che tendevano al grigio.

Sua moglie — grande, forte, risoluta, robusta di voce e rapida nelle decisioni — rappresentava l'ordine e l'aritmetica nella ditta di famiglia, che lui poi vivificava con il suo allegro attivismo.

Accanto a loro sedeva, ma con fare più sostenuto poiché apparteneva a una casta superiore, il signor Carré-Lamadon, uomo importante, affermato nell'industria cotoniera, proprietario di tre filande, ufficiale della Legion d'onore e membro del Consiglio generale. Durante tutto il periodo dell'Impero era rimasto a capo di una benevola opposizione al solo scopo di farsi pagare più caro il suo avvicinamento alla causa che, come lui stesso diceva, combatteva con armi gentili. La signora Carré-Lamadon, molto più giovane del marito, era la consolazione degli ufficiali di buon lignaggio che capitavano in guarnigione a Rouen.

Stava seduta proprio davanti al suo sposo — così piccolina e deliziosa, raggomitolata nelle sue pellicce, guardava sconsolata il deprecabile interno della carrozza.

I suoi vicini, il conte e la contessa Hubert de Bréville, portavano uno dei più antichi e nobili nomi della Normandia. Il conte era un anziano gentiluomo di aspetto imponente, faceva di tutto per evidenziare, con gli artefici dell'abbigliamento, la naturale somiglianza con il re Enrico IV il quale, stando a una leggenda di cui la famiglia andava orgogliosa, aveva messo incinta una signora de Bréville il cui marito, per quel fatto, era divenuto conte nonché governatore della provincia.

Collega del signor Carré-Lamadon al Consiglio provinciale, il conte Hubert rappresentava nella regione il partito orléanista. La storia del suo matrimonio con la figlia di un piccolo armatore di Nantes era da sempre avvolta nel mistero. Ma siccome la contessa si atteggiava a gran dama, sapeva ricevere meglio di ogni altra e si diceva perfino che fosse stata amata da uno dei figli di Luigi Filippo, tutta l'aristocrazia la coccolava, e il suo salotto restava il migliore della regione, l'unico in cui si conservasse la galanteria di un tempo, e in cui non fosse affatto facile entrare.

Si diceva che il patrimonio dei Bréville, tutto in beni immobili, fruttasse cinquecentomila franchi.

Queste cinque persone, che occupavano i posti migliori, rappresentavano la società ricca, serena e forte — persone oneste investite di autorità, dotati di senso religioso e di principi.

Come per caso tutte le donne avevano occupato il medesimo sedile; e la contessa era seduta accanto a due suore intente a sgranare lunghi rosari borbottando qualche Pater e Ave. Una era vecchia, con un viso così segnato dal vaiolo che sembrava avesse ricevuto dritto in faccia una scarica di mitraglia. L'altra era assai gracile, aveva una bella testa pallida su un petto da tisica divorato dalla fede che consuma i martiri e gli esaltati.

Di fronte alle due religiose, un uomo e una donna attiravano gli sguardi di tutti.

L'uomo era ben noto — Cornudet il democratico, il terrore dei benpensanti. Da oltre vent'anni ficcava la sua barba rossa in tutti i boccali dei ritrovi democratici. Insieme ai fratelli e agli amici si era divorato un bel patrimonio ereditato dal padre, già pasticciere, e ora attendeva con impazienza la repubblica per ottenere finalmente il posto che gli spettava per tutte le sue "consumazioni" rivoluzionarie. Il quattro settembre, forse in seguito a uno scherzo, si era convinto d'essere stato nominato prefetto; ma quando volle assumere le sue funzioni, gli impiegati degli uffici, rimasti gli unici padroni del campo, si rifiutarono di riconoscerlo costringendolo a battere in ritirata. Era comunque un brav'uomo, innocuo e servizievole, si era impegnato con ardore senza pari a organizzare le difese. Aveva fatto scavare delle buche in pianura, abbattere tutti i giovani alberi dei boschi vicini, aveva seminato trappole lungo tutte le strade e, all'approssimarsi del nemico, pago di tutti quei preparativi, aveva ripiegato prontamente verso la città. Ora pensava di rendersi più utile a Le Havre, dove sarebbero stati necessari nuovi trinceramenti.

La donna, di quelle che si è soliti definire allegre, andava famosa per la sua precoce pinguedine che le aveva valso il soprannome di Palla di sego. Piccola, dappertutto rotonda, grassottella, con le dita gonfie e strette alle falangi simili a salsicette, aveva la pelle lucente e liscia, un seno enorme che risaltava sotto il vestito, era tuttavia eccitante e ambita tanto la sua freschezza era piacevole a vedersi. Aveva il viso come una mela rossa, un bocciolo di peonia pronto a schiudersi: in esso, in alto, si spalancavano due stupendi occhi neri, velati da lunghe ciglia folte che vi proiettavano un'ombra. Più sotto, una bocca leggiadra, umida per i baci, ornata da denti splendenti e microscopici.

Inoltre, si diceva che fosse abbondantemente dotata di insolite qualità.

Appena la riconobbero, si accese tra le signore per bene un gran bisbigliare, ed espressioni quali "prostituta" e "pubblica vergogna" furono sussurrate così perentoriamente che lei sollevò il capo. Proiettò allora sui suoi compagni di viaggio uno sguardo talmente provocante e audace che subito calò un grande silenzio, e tutti abbassarono gli occhi — non però Loiseau, che la guardava con aria divertita.

Ben presto, però, le tre signore ripresero a conversare, quasi che la presenza della ragazza le avesse rese all'improvviso amiche, quasi intime. Sembrava loro di dover fare un unico fascio della loro dignità di spose, di fronte a quella meretrice senza vergogna; poiché l'amore legittimo guarda sempre dall'alto in basso il suo più libero confratello.

Anche i tre uomini, ravvicinati da un istinto conservatore dalla presenza di Cornudet, presero a discorrere di denaro con un tono di disprezzo per chi ne è privo. Il conte Hubert spiegava i danni subiti dai prussiani, le perdite per il bestiame rubato e per i mancati raccolti, e lo faceva con l'aria del gran signore dieci volte milionario a cui quei disastri procuravano fastidio per un anno al massimo. Il signor Carré-Lamadon, tartassato nel settore cotoniero, aveva avuto il buon senso di dirottare seicentomila franchi in Inghilterra, una piccola riserva per eventuali emergenze. Quanto a Loiseau, si era dato da fare vendendo all'Intendenza francese tutti i vini da pasto che gli restavano nelle cantine, cosicché ora lo stato gli doveva una somma notevolissima che contava di riscuotere appunto a Le Havre.

Tutti e tre si scambiavano occhiate rapide e amichevoli. Seppure di diversa estrazione, si sentivano affratellati dal denaro, membri tutti della grande massoneria degli abbienti, di coloro che fanno tintinnare l'oro ogni volta che si ficcano una mano in tasca.

La carrozza procedeva così lentamente che alle dieci del mattino aveva percorso appena quattro leghe. Gli uomini erano scesi tre volte per risalire a piedi certi pendii. Cominciava a serpeggiare un po' di preoccupazione poiché si sarebbe dovuto fare colazione a Tôtes e ormai si disperava di giungerci prima del buio. Tutti scrutavano la strada alla ricerca di un'osteria quando a un certo punto la carrozza sprofondò nella neve e occorsero due ore per liberarla.

L'appetito aumentava, turbava gli animi, né si scorgeva bettola o spaccio di vini poiché l'avvicinarsi dei prussiani e il passaggio delle truppe francesi affamate avevano fatto sospendere ogni attività.

I signori corsero a fare incetta di provviste nelle case coloniche lungo la strada, ma non vi trovarono neppure un po' di pane perché i contadini, diffidenti, nascondevano i viveri temendo i saccheggi dei militari i quali, non avendo nulla da mettere sotto i denti, prendevano con la forza tutto ciò che scoprivano.

Vero l'una dopo mezzogiorno, Loiseau annunciò di sentire decisamente un gran vuoto nello stomaco. Tutti, del resto, lo sentivano da un pezzo cosicché il violento bisogno di mangiare, che aumentava sempre più, aveva soffocato le conversazioni.

Di tanto in tanto c'era chi sbadigliava; qualcun'altro l'imitava quasi subito; e ciascuno, a turno, secondo il proprio temperamento, la propria educazione e la propria posizione sociale, spalancava la bocca rumorosamente oppure portando in fretta la mano davanti a quel buco da cui uscivano sbuffi di vapore.

Palla di sego si chinò più volte come cercando qualcosa sotto le gonne. Esitava un istante, sbirciava i compagni di viaggio, poi tranquillamente si raddrizzava. I visi apparivano pallidi e contratti. Loiseau dichiarò che avrebbe pagato mille franchi per un prosciutto. Sua moglie fece un piccolo gesto di protesta, poi si calmò. Era per lei sempre una sofferenza sentir parlare di denaro sprecato, e sull'argomento non sopportava neppure gli scherzi.

"In realtà non mi sento affatto bene," disse il conte. "Come ho fatto a non pensare di portarmi delle provviste?"

Tutti si facevano lo stesso rimprovero.

Cornudet aveva però una borraccia piena di rum; ne offrì agli altri, che rifiutarono freddamente. Soltanto Loiseau ne accettò un paio di gocce e restituendo la borraccia ringraziò. "In fondo fa bene. Riscalda e inganna la fame."

L'alcool lo mise di buon umore e propose di fare come sul piccolo naviglio della canzone: mangiare il più grasso dei passeggeri. Questa allusione indiretta a Pala di sego urtò le persone perbene. Nessuno replicò — solo Cornudet ebbe un sorriso. Le due suore avevano smesso di farfugliare il loro rosario, e tenendo le mani sprofondate nelle ampie maniche stavano immobili, gli occhi ostinatamente abbassati, offrendo senza dubbio al cielo la sofferenza che veniva loro inflitta.

Finalmente, alle tre, mentre stavano attraversando una pianura interminabile, senza neppure un villaggio all'orizzonte, Palla di sego si chinò all'improvviso ed estrasse da sotto il sedile un grande cesto ricoperto da un tovagliolo bianco.

Tirò fuori prima di tutto un piattino di porcellana, un bel bicchierino d'argento, poi una grande teglia nella quale due polli interi, tagliati a pezzi, se ne stavano immersi nella gelatina; s'intravedevano nel cesto anche altre cose buone tutte incartate, pasticci, frutta, dolciumi, insomma tutte le provviste predisposte per un viaggio di tre giorni affinché non ci fosse bisogno di rivolgersi alle cucine degli alberghi. Spuntavano tra i cartocci delle vivande quattro colli di bottiglia. Palla di sego prese un'ala di pollo e con delicatezza si mise a mangiarla insieme a una di quelle pagnotelle che in Normandia si chiamano "Régence".

Gli sguardi erano tutti fissi su di lei. Poi l'odore si sparse intorno, facendo fremere le narici e salire alle bocche un'abbondante saliva mentre una contrazione dolorosa irrigidiva le mascelle proprio sotto gli orecchi. Il disprezzo delle signore per quella ragazza diventò feroce — era come un desiderio di ucciderla o di buttarla giù dalla carrozza, nella neve: lei, il suo bicchierino di argento, il suo cesto e le provviste.

Ma Loiseau divorava con gli sguardi la teglia del pollo. Infine disse: "Evviva! La signora è stata più previdente di noi. C'è sempre chi sa pensare a tutto."

Palla di sego sollevò il capo verso di lui: "Vuole favorire, signore? Stare digiuni dal mattino presto non è facile."

Lui s'inchinò. "Parola mia, sarò sincero: non rifiuto. In guerra occorre adattarsi, dico bene, signora?" Poi, gettando un'occhiata agli altri, soggiunse: "In momenti come questo, è un bene trovare persone che sanno essere cortesi."

Aveva un giornale e se lo stese per non macchiarsi i calzoni; quindi con la punta di un coltello che si teneva sempre in tasca, si prese una coscia tutta ricoperta di gelatina, ne addentò un pezzettino, che poi masticò con una soddisfazione talmente evidente che si sentì nella carrozza un generale sospiro di sconforto.

Ma Palla di sego, con voce umile e dolce, propose alle suore di condividere la sua colazione. Entrambe accettarono subito e senza alzare lo sguardo si misero a mangiare velocemente dopo avere balbettato qualche ringraziamento. Nemmeno Cornudet rifiutò l'invito dalla sua compagna di viaggio e formò con le due suore una sorta di tavola apparecchiata, aprendo alcuni giornali sulle ginocchia.

Le bocche si spalancavano e richiudevano continuamente, divoravano, masticavano, inghiottivano con accanimento. Loiseau, nel suo angolo, lavorava sodo e, a bassa voce, incitava sua moglie e fare come lui. Lei oppose una certa resistenza ma poi, dopo una dolorosa contrazione dello stomaco, si arrese. Al che suo marito, pescando le parole migliori, chiese "alla deliziosa compagna di viaggio" se consentiva che lui offrisse un bocconcino alla signora Loiseau. Rispose

Palla di sego: " Ma sì, certamente, signore." E con un amabile sorriso porse la teglia.

Ci fu un certo imbarazzo quando si stappò la prima bottiglia di bordeaux. C'era un unico bicchiere e se lo passarono l'un l'altro ogni volta asciugandolo. Soltanto Cornudet, certo per galanteria, posò le labbra sul punto inumidito dalle labbra della vicina.

Allora, attorniati com'erano da gente che mangiava, soffocati dalle esalazioni delle vivande, il conte e la contessa de Bréville, così come il signore e la signora Carré-Lamadon, si trovarono sottoposti a quell'odioso supplizio a cui è dato il nome di Tantalo. D'un tratto la giovane sposa dell'industriale tessile emise un sospiro che fece voltare la testa a tutti. Era bianca come la neve di fuori; gli occhi le si chiusero, piegò la testa: era svenuta. Suo marito, sconvolto, implorava l'aiuto di tutti. Persero tutti la testa e soltanto la più anziana delle suore, sostenendo il capo della malata, accostò alle sue labbra il bicchierino di Palla di sego costringendola a inghiottire qualche goccia di vino. La bella signora sembrò riprendersi, aprì gli occhi, sorrise, e con voce fievole dichiarò che adesso si sentiva benissimo. Ma affinché l'incidente non avesse a ripetersi, la suora la costrinse a bere un bicchiere intero di bordeaux, dicendo: "È solamente fame, nient'altro."

Al che Palla di sego, rossa in viso e imbarazzatissima, balbettò rivolta ai quattro viaggiatori rimasti a digiuno: "Buon Dio, se potessi osare di offrire ai signori e alle signore..." Poi s'azzittì, temendo di averli offesi.

Fu Loiseau a parlare. "Perbacco, in situazioni come questa siamo tutti fratelli e dobbiamo aiutarci. Suvvia, signore, non fate complimenti: accettate, e che diamine! Non sappiamo neppure se riusciremo a trovare un rifugio per la notte. Avanti di questo passo, a Tôtes ci arriveremo non prima di domani a mezzogiorno."

Esitavano. Nessuno osava assumersi la responsabilità di dire "sì". Ma poi il conte tagliò corto. Rivolgendosi verso la paffuta e intimidita ragazza, disse: "Accettiamo riconoscenti, signora."

Difficile fu solo il primo passo. Poi, passato il Rubicone, ci diedero dentro. Il cesto venne svuotato. Conteneva ancora un *pâté de foi gras*, un altro di allodola, un trancio di lingua affumicata, delle pere di Cressan, un formaggio di Pont-L'Évêque, qualche panino, un'insalatiera piena di fagiolini e cipolline sott'aceto. Palla di sego, come tutte le donne, adorava i sott'aceti.

Non si poteva certo divorare le provviste della ragazza senza rivolgerle la parola. Quindi si misero a chiacchierare, prima con un certo ritegno; poi, siccome dimostrava di sapere come ci si comporta, si lasciarono andare. Le signore de Bréville e Carré-Lamadon, che le maniere giuste le conoscevano bene, si mostrarono gentili con la dovuta discrezione. Soprattutto la contessa esibì la nobile condiscendenza di chi sa di non poter essere toccato da alcun sudiciume. Fu insomma deliziosa. Ma l'energica signora Loiseau, che aveva un'anima da gendarme, restò sulle sue, e parlò poco pur mangiando molto.

Naturalmente si parlò della guerra. Si riferirono le gesta orrende dei prussiani, gli atti d'eroismo dei francesi; e tutte quelle persone che stavano scappando resero omaggio all'altrui ardimento. Poi emersero le vicende private, e Palla di sego raccontò, con emozione sincera, con quel calore che talora le ragazze hanno nel dare espressione alle loro naturali inclinazioni, come mai avesse lasciato Rouen.

"Dapprima ho pensato che avrei potuto rimanere," spiegò. "Avevo la casa piena di provviste, e avrei preferito nutrire qualche soldato piuttosto che espatriare chissà dove. Ma quando poi ho visto quei prussiani è stato più forte di me. Mi ribolliva il sangue dalla rabbia, tutto il giorno ho pianto per la vergogna. Oh! Fossi stata un uomo! Li osservavo dalla finestra, quei grossi porci coi loro elmi a punta, e la mia serva mi tirava per le mani per impedirmi di scaraventargli addosso i mobili. Poi sono venuti a prendere alloggio a casa mia. Sono saltata alla gola del primo. Si possono strangolare come tutti gli altri. L'avrei finito, quel tale, se non mi avessero tirato via per i capelli. Insomma, poi mi sono dovuta nascondere. E alla prima occasione sono partita, ed eccomi qua."

Tutti le fecero i loro complimenti e lei si guadagnò la stima dei suoi compagni di viaggio, che non si erano dimostrati altrettanto coraggiosi. Cornudet, ascoltandola, sorrideva benevolo, approvando come un apostolo; anzi, come un prete che ascolti un fedele lodare Dio, giacché i democratici barbuti detengono il monopolio del patriottismo proprio come quelli con le tonache detengono il monopolio della religione. Parlò a sua volta in tono dottorale, con l'enfasi appresa dai proclami che ogni giorno venivano affissi ai muri, e finì con un'eloquente e magistrale strigliata all'indirizzo di "quella canaglia di Bandiguet".

Ma Palla di sego si offese, essendo bonapartista. Si fece più rossa di una ciliegia e balbettando per la grande indignazione disse: "Vorrei avere visto lei al suo posto! Proprio, mi sarebbe piaciuto! L'avete tradito voialtri quell'uomo! Fossimo governati da pagliacci come voi non ci resterebbe che andarcene dalla Francia."

Impassibile, Cornudet conservava un sorriso dignitoso e superiore; ma già si sentiva nell'aria la lite e allora il conte s'intromise e non senza fatica calmò la ragazza esasperata, proclamando autorevolmente che non c'era opinione sincera che non fosse degna di rispetto. Tuttavia la contessa e la moglie dell'industriale, che nel cuore avevano l'odio della gente perbene verso la repubblica, e anche la tenerezza innata delle donne per i governi sfarzosi e dispotici, si sentivano loro malgrado attratte da quella prostituta così dignitosa, i cui sentimenti tanto somigliavano ai loro.

Il cesto era vuoto. In dieci non avevano faticato a svuotarlo, rammaricandosi solo per il fatto che non fosse stato più grande. La conversazione andò avanti per un po', meno calorosa adesso che non c'era più da mangiare.

Scendeva la notte, il buio si fece man mano più fitto, e il freddo, più acuto nel momento della digestione, faceva rabbrividire Palla di sego nonostante il suo grasso. Allora la signora de Bréville le offrì il suo scaldino nel quale il carbone era stato più volte rinnovato; la ragazza accettò volentieri, sentendosi i piedi gelati. Le signore Carré-Lamadon e Loiseau diedero i loro alle religiose.

Il cocchiere aveva acceso le sue lanterne. La loro luce vivida rischiarava la nuvola vaporosa che si alzava dai gropponi sudati dei cavalli; e, ai lati della strada, la luce si proiettava anche sulla neve che sembrava scorrere via.

Nella carrozza non si riusciva a distinguere più nulla; ma all'improvviso ci fu un movimento tra Palla di sego e Cornudet; e a Loiseau, il cui sguardo frugava l'ombra, parve di vedere quell'uomo dalla grande barba ritrarsi bruscamente quasi avesse ricevuto qualche colpo silenzioso ma bene assestato.

Lontano sulla strada comparvero alcuni puntini luminosi. Era Tôtes. Avevano viaggiato undici ore: aggiungendo le due lasciate in quattro riprese ai cavalli per riposare e mangiare l'avena, erano trascorse tredici ore dalla partenza. Entrarono dunque nel paese e andarono a fermarsi davanti all'Hôtel du Commerce.

Venne aperta la portiera e un rumore ben noto fece trasalire tutti i viaggiatori: il fodero di una sciabola che urtava il suolo. E subito una voce tedesca gridò qualcosa.

Sebbene la carrozza si fosse ormai fermata, nessuno scese, quasi so fossero aspettati di venire massacrati appena fuori. Allora comparve il vetturino con in mano una lanterna che rischiarò tutte quelle teste spaventate, le bocche spalancate e gli occhi sbarrati per la sorpresa e la paura.

Accanto al cocchiere videro, in piena luce, un ufficiale tedesco, un giovanottone magrissimo e biondo, chiuso nell'uniforme come una ragazza nel suo corsetto. Indossava tutto di traverso il capello a visiera di tela cerata, che lo faceva somigliare al portiere di un albergo inglese. I baffi smisurati, dai lunghi peli diritti, si assottigliavano progressivamente terminando, di qua e di là, in un unico filo biondo così esile che non se ne scorgeva la punta; quei baffi sembravano pesare sugli angoli della bocca, e , tirando le guance, imprimevano alle labbra una piega rivolta in basso.

In un francese d'alsaziano invitò i passeggeri a scendere, dicendo bruscamente, "Folete discentere, zignori e zignore?"

Le due suore obbedirono per prime con la docilità delle sante use a ogni sottomissione. Il conte e la contessa comparvero subito dopo, seguiti dall'industriale e da sua moglie, poi venne Loiseau che sospingeva davanti a sé la sua grande metà. Proprio lui, posando i piedi in terra, si rivolse all'ufficiale con un "Buon giorno, signore," ma più per prudenza che per cortesia. L'altro, con l'insolenza dei potenti, lo fissò senza rispondere.

Palla di sego e Cornudet, pur seduti vicino alla portiera, scesero per ultimi, seri e alteri di fronte al nemico. La ragazza faceva di tutto per dominarsi e restare calma; l'esponente democratico tormentava con mano tragica e un po' tremante la sua lunga barba rossiccia. Volevano entrambi salvaguardare la propria dignità, ben sapendo che in circostanze come quella ciascuno rappresentava un po' la patria;

e, disgustati dalla cedevolezza dei loro compagni, l'una si sforzava di mostrarsi più fiera delle sue vicine, le donne perbene, mentre l'altro, convinto che spettasse a lui dare l'esempio, conservava un atteggiamento di resistenza iniziato con le buche scavate nelle strade.

Entrarono nella grande cucina dell'albergo e il tedesco, dopo essersi fatto consegnare l'autorizzazione firmata dal generale in capo, che citava i nomi, i connotati e la professione di ognuno dei viaggiatori, esaminò a lungo il gruppetto, confrontando ogni persona con la descrizione contenuta nel documento.

Poi disse brusco: "Fa pene," e scomparve.

Ripresero tutti a respirare. Avevano ancora fame e ordinarono la cena. Occorreva mezzora per prepararla e lasciando due servette a occuparsene, andarono a controllare le camere. Stavano tutte ai lati di un lungo corridoio che terminava contro una porta a vetri contrassegnata da un numero assai eloquente.

Stavano finalmente per mettersi a tavola quando comparve l'albergatore in persona, un ex mercante di cavalli grande e grosso, asmatico dalla cui laringe fuoriuscivano in continuazione fischi, raschiamenti e gorgoglii catarrosi. Suo padre gli aveva trasmesso il nome di Follenvie.

Chiese, "La signorina Élisabeth Rousset?"

Palla di sego trasalì, poi si voltò: "Sono io."

"Signorina, L'ufficiale prussiano vorrebbe parlarle immediatamente."

"A me?"

"Sì, se è lei la signorina Élisabeth Rousset."

Palla di sego sembro turbarsi, rifletté un istante, poi rispose decisa: "Può anche darsi, però non ci vengo."

Ci fu subito agitazione intorno a lei; tutti cominciarono a discutere, a cercare il motivo di quella convocazione. Si fece avanti il conte: "Lei sbaglia, signora, giacché il suo rifiuto può creare notevoli complicazioni non soltanto a lei, ma anche a tutti i suoi compagni di viaggio. Non bisogna mai resistere a chi è più forte. In questa convocazione non si nasconde certamente alcun pericolo: si tratterà senz'altro di qualche formalità trascurata."

Tutti sostennero il suo punto di vista; la pregarono, la sollecitarono, la blandirono e alla fine la convinsero; tutti infatti temevano le complicazioni che avrebbero potuto conseguire a un colpo di testa. Alla fine lei disse: "Naturalmente è per voi che lo faccio!"

La contessa le prese la mano, "E noi le siamo grati."

Uscì e attesero il suo ritorno per mettersi a tavola. Tutti si rammaricavano per non essere stati chiamati al posto di quella figliola violenta e irascibile, e preparavano mentalmente qualche banalità da dire nel caso fossero anche loro stati convocati.

Ma in capo a dieci minuti Palla di sego riapparve: sbuffava, era tutta rossa quasi stesse soffocando, esasperata. Balbettava: "Oh, che canaglia! Che canaglia!"

Tutti le andarono incontro per sapere, ma lei non spiegò nulla; e siccome il conte insisteva, rispose con grande dignità: "No, è cosa che non vi riguarda: non posso parlare."

Sedettero allora intorno a una zuppiera della quale si levava un profumo di cavoli. Nonostante l'incidente, la cena fu allegra. Il sidro era buono, per fare economia ne approfittarono i coniugi Loiseau e le suore.

Gli altri ordinarono vino; Cornudet chiese birra. Aveva un modo tutto suo di sturare la bottiglia, di fare spumeggiare il liquido, di osservarlo inclinando il bicchiere che alzava controluce per valutarne il colore. Quando beveva la sua grande barba, che aveva le sfumature della sua bevanda prediletta, sembrava vibrare di tenerezza; gli occhi gli si storcevano non volendo perdere di vista il boccale, e pareva adempiere all'unica funzione per la quale era venuto al mondo. Era come se stabilisse nel suo spirito un accostamento e quasi un'affinità tra le due grandi passioni che gli occupavano l'esistenza: La Birra e la Rivoluzione; senza dubbio non riusciva ad assaporare l'una senza pensare all'altra.

Il signore e la signora Follenvie cenavano a capotavola. Lui, rantolando come una locomotiva sfinita, aveva troppo tiraggio in petto per riuscire a parlare mangiando; lei invece non stava mai zitta. Raccontò tutte le sue impressioni sull'arrivo dei prussiani, cosa facevano, cosa dicevano, detestandoli anzi tutto perché le costavano soldi e poi perché aveva due figli sotto le armi. Si rivolgeva preferibilmente alla contessa, lusingata di poter conversare con una dama di quel rango.

Poi abbassava la voce per dire cose più riservate, e suo marito qua e là la interrompeva: "Faresti meglio a tacere, signora Follenvie."

Lei non gli badava e proseguiva: "Sì, signora, questa è gente che pensa solo a mangiare patate e maiale, e poi ancora maiale e patate. Non creda che siano puliti, sa? Oh, no! Sporcano dappertutto, parlando con rispetto. Se poi li vedeste fare manovre ed esercitazioni per ore e giorni: tutti là nell'accampamento: marciano su, marciano giù, dietrofront qua, dietrofront là. Coltivassero almeno la terra, o facessero le strade nel loro paese! Nossignori! Sono soldati di nessuna utilità per nessuno. Occorre che il popolo, poveraccio, li mantenga e loro imparano solo a massacrare! Sono solo una vecchia senza istruzione, verissimo, ma vedendoli darsi da fare come ossessi a marciare dalla mattina alla sera, mi dico, 'Ma se c'è gente che fa invenzioni utili all'umanità, com'è che altri si danno tanto da fare per nuocere? Dico sul serio, non è un'infamia ammazzare la gente, siano prussiani, inglesi, polacchi o francesi? Se ci si vendica contro chi ci ha fatto del male, veniamo puniti; ma quando si sterminano i nostri ragazzi come fossero selvaggina, allora tutto bene dato che li diamo anche le medaglie a chi ha distrutto di più!' No, sono cose che non capirò mai."

Cornudet alzò la voce, "Quando si aggredisce un vicino pacifico la guerra è barbarie, ma è dovere sacro quando si difende la patria!"

La vecchia chinò il capo. "Se ci si difende è diverso. Ma non sarebbe meglio uccidere tutti i re che combinano queste cose per il loro piacere?"

Lo sguardo di Cornudet si accese. "E brava la nostra cittadina!"

Il signor Carré-Lamadon rifletteva gravemente. Benché fosse un fanatico dei guerrieri illustri, il buon senso di quella contadina lo induceva a pensare ai vantaggi che sarebbero provenuti al paese da tante braccia inoperose e quindi inutilizzate, qualora fossero state impiegate nelle grandi opere industriali che richiedono sempre dei secoli per realizzarsi.

Ma Loiseau, alzatosi da tavola, andò a scambiare qualche parola sottovoce con l'albergatore, il quali si mise a ridere, a tossire, a sputare. Il suo ventre enorme sobbalzava gioiosamente alle facezie del suo interlocutore, così gli comprò sei barili di bordeaux per la primavera, quando i prussiani sarebbero andati via.

Stanchi com'erano, andarono a dormire appena terminata la cena.

Loiseau, invece, che sapeva osservare le cose, fece andare a letto sua moglie, poi incollò ora l'orecchio ora l'occhio alla serratura, cercando di scoprire quelli che definiva "i misteri del corridoio".

Dopo circa un'ora udì un fruscio. Subito guardò e scorse Palla di sego che sembrava ancora più piena sotto una vestaglia di cachemire azzurro ornata di bianchi pizzi. Reggeva in mano un candelabro e stava dirigendosi verso la porta in fondo al corridoio. Si aprì però una porta di lato e quando lei ripassò dopo pochi minuti ecco Cornudet, in bretelle, che le andava dietro. Parlavano a bassa voce, infine si fermarono. Palla di sego sembrava difendere energicamente l'entrata della sua camera.

Purtroppo Loiseau non riusciva a cogliere le parole; ma poi loro alzarono la voce e riuscì a sentirne qualcuna; Cornudet insisteva vivacemente, dicendo: "Suvvia, lei è proprio una sciocchina, cosa le costa?"

Lei rispose indignata, "E no, mio caro, ci sono momenti in cui quelle cose non si fanno. Eppoi qui sarebbe una vergogna."

Lui evidentemente non capiva. Allora lei si arrabbiò e alzò ancor più la voce: "Perché? Proprio non lo capisce? Quando in casa ci sono dei prussiani, forse addirittura nella camera accanto?"

Cornudet restò in silenzio. Quel pudore patriottico di sgualdrina che non si lascia carezzare nei pressi del nemico dovette risvegliargli nel cuore la sua traballante dignità, perché, dopo averla soltanto baciata, tornò in camera sua in punta di piedi.

Loiseau, eccitatissimo, abbandonò il buco della serratura, fece una capriola in camera, s'infilò la papalina, sollevò il lenzuolo sotto il quale giaceva la rigida carcassa di sua moglie e, svegliandola con un bacio, le mormorò: "Tesoro, mi ami?"

A quel punto tutta la casa piombò nel silenzio. Ma ben presto si levò da qualche parte, in un punto indeterminato che poteva essere la cantina così come il granaio, un ronfare possente, monotono, regolare, una sorta di rumore sordo e prolungato, percorso da vibrazioni come di caldaia sotto pressione. Era Follenvie che dormiva.

Dato che era stato concordato di partire l'indomani alle otto, si ritrovarono a quell'ora tutti nella cucina; ma la carrozza, col tetto ricoperto di neve, si ergeva solitaria in mezzo al cortile, senza cavalli e senza cocchiere. Quest'ultimo fu cercato invano nelle scuderie, nel fienile, nelle rimesse. Gli uomini decisero di scovarlo in paese e uscirono. Si trovarono sulla piazza con la chiesa in fondo e, sui due lati, file di case basse dove si potevano scorgere alcuni soldati prussiani. Il primo che videro stava pelando delle patate. Il secondo, più lontano, puliva invece la bottega del barbiere. Un altro, barbuto fino agli occhi, stava sbacciucchiando un marmocchio che piangeva, e lo cullava sulle ginocchia nel tentativo di calmarlo; e le grosse contadine, i cui uomini erano "alla guerra", mostravano a gesti ai loro obbedienti conquistatori il lavoro che c'era da fare: tagliare la legna, aggiungere acqua alla zuppa, macinare il caffè; ce n'era perfino uno intento a lavare la biancheria della sua ospite, una vecchietta quasi invalida.

Stupefatto, il conte interrogò il sacrestano che stava uscendo dalla parrocchia. Quel vecchio topo di chiesa gli rispose: "Oh, questi non sono cattivi: pare non siano neppure prussiani. Vengono da più lontano, non so bene da dove, e tutti hanno lasciato al loro paese una donna e dei bambini; la guerra non li diverte, stia certo! Sono sicuro che anche dalle loro parti si piange per gli uomini che sono partiti. Tutto questo produrrà miseria da loro come da noi. Qui, per adesso, non ce la passiamo troppo male, perché non provocano guai e lavorano come se fossero a casa loro. Vedete, signore, fra povera gente bisogna pur darsi una mano... Sono i potenti che fanno la guerra."

Cornudet, indignato per la cordiale intesa venuta a instaurarsi tra vincitori e vinti, tornò indietro, preferendo rinchiudersi in albergo. Loiseau si produsse in una battuta: "Ripopolano."

Il signor Carré-Lamadon disse gravemente: "Riparano".

Intanto però il cocchiere non si trovava. Finalmente lo scovarono al caffè del paese, seduto fraternamente con l'attendente del comandante. Il conte gli disse: "Forse che non le era stato dato l'ordine di partire alle otto?"

"Ah, certamente. Però dopo me ne è stato dato un altro."

"E sarebbe? "

"Di non partire."

"E chi le ha dato quest'ordine? "

"Buon Dio! Il comandante prussiano."

"Come mai?"

"Questo non lo so. Andate a chiederglielo. Se mi si ordina di non partire, io non parto. Ecco tutto."

"È stato il comandante in persona ha darle l'ordine?"

"No, signore. L'ordine mi è stato riferito dal padrone dell'albergo."."

"Quando?"

"Ieri sera, prima che andassi a dormire"

I tre uomini tornarono in albergo assai preoccupati.

Chiesero di Follenvie, ma la cameriera rispose che il padrone, per via della sua asma, non si alzava mai prima delle dieci. Aveva anzi formalmente vietato che lo si svegliasse prima, salvo che in caso di incendio.

Decisero di vedere l'ufficiale, ma fu loro detto che era assolutamente impossibile, sebbene alloggiasse nell'albergo. Solo Follenvie era autorizzato a parlargli per questioni riguardanti i civili. Non restava che attendere. Le signore risalirono nelle loro camere, e badarono alle piccole cose senza importanza.

Cornudet si piazzò sotto la grande cappa del camino, in cucina, davanti a un bel fuoco. Si fece portare un tavolino, un boccale di birra, e tirò fuori la pipa che, fra i democratici, godeva di una considerazione quasi pari alla sua; quasi che, servendo Cornudet, avesse servito la patria. Era una superba pipa di schiuma ammirevolmente affumicata, nera come i denti del suo padrone, però profumata, ricurva, splendente, una pipa che si lasciava impugnare bene — era insomma quasi una parte integrante della sua fisionomia. Lui se ne stava immobile, fissando ora la fiamma del camino, ora la schiuma che incoronava il boccale di birra; e ogni volta che sorseggiava, passava con aria soddisfatta le lunghe e magre dita tra i lunghi e unti capelli, mentre si leccava i baffi bagnati di schiuma.

Loiseau, con la scusa di sgranchirsi le gambe, andò a cercare di piazzare qualche partita di vino presso gli osti del paese. Il conte e l'industriale del cotone si misero a discutere di politica. Facevano previsioni sull'avvenire della Francia. L'uno credeva negli Orléans, l'altro in un salvatore ancora senza nome, sconosciuto, un eroe che si sarebbe rivelato quando tutto fosse perduto: forse un Du Guesclin, una Giovanna d'Arco, oppure un altro Napoleone.

Ah, se solo il principe imperiale non fosse stato così giovane! Cornudet ascoltava, sorridendo come chi ben conosce le vie del destino. La pipa spandeva nella cucina il suo profumo.

Appena rintoccarono le dieci, comparve Follenvie. Subito lo interrogarono; ma lui poté solo ripetere, due o tre volte e senza varianti, queste parole: "Il comandate mi ha detto così: 'Signor Follenvie, occorre che lei domani vieti a quella carrozza e ai suoi passeggeri di partire. Non voglio che se ne vadano senza la mia autorizzazione. Avete capito bene? Questo è tutto.' "

A questo punto bisognò parlare con il comandante. Il conte gli mandò il suo biglietto da visita, sul quale Carré-Lamadon aggiunse il proprio nome e tutti i suoi titoli. L'ufficiale prussiano fece rispondere che avrebbe concesso udienza a quelle due persone dopo avere fatto colazione, vale a dire verso l'una.

Ricomparvero le signore e, nonostante la tensione, tutti mangiarono qualcosa. Palla di sego sembrava indisposta e indicibilmente turbata.

Erano arrivati al caffè quando entrò l'attendente per convocare i signori.

Loiseau si unì agli altri due; si tentò di coinvolgere anche Cornudet per conferire una maggiore solennità all'iniziativa, ma lui dichiarò fieramente che non voleva intrattenere rapporti di nessun genere con i tedeschi. Tornò a sedersi davanti al camino, ordinando un'altra birra.

I tre uomini salirono e furono introdotti nella più bella camera dell'albergo, dove il comandante li ricevette allungato su una poltrona, i piedi appoggiati sul camino, una lunga pipa di porcellana tra le labbra. Era avvolto in una sgargiante vestaglia, asportata sicuramente dall'abitazione abbandonata di qualche borghese di cattivo gusto. Non si alzò, non li salutò, non li guardò. Era, in quel momento, un magnifico esemplare della naturale cafonaggine del militare vittorioso.

Dopo qualche istante finalmente disse: "Che cosa folete?"

Il conte prese la parola: "Desideriamo partire, signore."

"No."

"Posso osare al punto di chiederle la ragione di questo rifiuto? "

"La racione è che non foglio."

"Le faccio rispettosamente notare, signore, che il generale, suo comandante in capo, ci ha rilasciato un permesso di partenza per Dieppe; e non mi pare che si abbia fatto nulla per meritare ora questa sua severità."

"Io non foglio... ecco tutto... Atesso potete andare."

Dopo essersi tutti e tre inchinati, si ritirarono.

Il pomeriggio fu penoso. Non si capiva nulla di quel capriccio del tedesco, le teste erano piene delle idee più strane. Se ne stavano tutti in cucina, senza mai smettere di discutere, immaginando le cose più inverosimili. Forse volevano trattenerli come ostaggi, — ma a quale scopo? Oppure farli prigionieri? O, piuttosto, esigere un qualche pesante riscatto? A questa ipotesi furono colti dal panico. I più ricchi erano i più spaventati, già si vedevano costretti, per avere salva la vita, a versare sacchi pieni d'oro nelle mani di quel soldato insolente.

Si spremevano il cervello per trovare delle bugie credibili, per nascondere la loro ricchezza e farsi passare per poveri, molto poveri. Loiseau si tolse la catena dell'orologio nascondendosela in tasca. La notte che stava calando non faceva che aumentare le loro apprensioni. Fu accesa la lampada e poiché c'erano ancora due ore prima della cena, la signora Loiseau propose una partita a trentuno. Li avrebbe distratti. Tutti accettarono. Lo stesso Cornudet, spenta per educazione la pipa, partecipò.

Il conte distribuì le carte: Palla di sego fece trentuno al primo colpo; e ben presto l'interesse per la partita calmò i timori che agitavano gli animi. Cornudet si accorse persino che i coniugi Loiseau facevano comunella per barare.

Stavano per mettersi a tavola, quando riapparve il signor Follenvie che con voce rauca, disse: "L'ufficiale prussiano manda a chiedere alla signorina Élisabeth Rousset se abbia cambiato parere."

Palla di sego rimase immobile, pallidissima. Poi arrossì di colpo e fu talmente soffocata dalla collera da non riuscire più a parlare. Infine scoppiò: "Glielo dica pure, a quel mascalzone, a quello sporcaccione, a quella carogna di prussiano che non accetterò mai; avete capito bene? Mai e poi mai. Mai!"

Il grasso albergatore uscì. Al che Palla di sego fu circondata, interrogata, sollecitata da tutti a chiarire il mistero di quelle parole. Sulle prime, resistette. Poi l'esasperazione ebbe il sopravvento: "Che cosa vuole? Ve lo dico io cosa vuole! Vuole venire a letto con me!" proruppe.

Nessuno si offese per l'espressione che aveva usato, tanta fu l'indignazione. Cornudet ruppe il boccale tanta fu la violenza con cui lo batté sul tavolo. Ci fu un coro di disapprovazione contro quel soldataccio ignobile, una ventata di rabbia, un richiamo da parte di tutti alla resistenza, quasi che a ciascuno fosse stato chiesto una parte del sacrificio che si voleva imporre alla ragazza. Il conte, disgustato, sentenziò che quella gente si comportava come i barbari di una volta. Soprattutto le donne espressero a Palla di sego la loro granitica solidarietà e il loro affetto. Le due suore, invece, che comparivano solo all'ora dei pasti, abbassarono il capo e non dissero niente.

Comunque, calmatosi il primo furore, si misero a tavola. Ma si parlò poco. Tutti riflettevano.

Le signore si ritirarono presto; e gli uomini, sempre fumando, organizzarono una partita a carte a cui fu invitato Follenvie, con l'intento di interrogarlo abilmente sui mezzi da usare per vincere la resistenza del comandante. Follenvie, però, badava solo alle proprie carte, senza nulla ascoltare, senza nulla rispondere. Non faceva che ripetere: "Giochiamo, signori, giochiamo."

La sua concentrazione era tale da fargli dimenticare anche di sputare, il che gli provocava a volte dei suoni d'organo nel petto. Il sibilo dei suoi polmoni riproponevano tutta la gamma dell'asma, dalle note gravi e profonde fino a quelle acute e rauche dei galletti quando tentano di cantare.

Rifiutò perfino di salire in camera quando la moglie, che cascava dal sonno, venne a cercarlo. Lei allora se ne andò da sola, perché era 'mattiniera', solita alzarsi col sole, mentre il marito era il 'nottambulo' di casa, pronto sempre a trascorrere la notte con gli amici. Lui le gridò: "Metti davanti al fuoco il mio latte e zucchero," e ripigliò a giocare.

Quando tutti si resero conto di non potergli cavare niente, dissero che era tempo d'andare a dormire, e ognuno si ritirò nella propria camera.

La mattina dopo si alzarono di nuovo molto presto, vagamente speranzosi, più che mai desiderosi di ripartire, e con il terrore di dover trascorrere ancora una giornata in quell'orribile alberghetto.

Ahimè! I cavalli erano nella scuderia, e del cocchiere non c'era traccia. Tanto per fare qualcosa, girarono intorno alla carrozza.

La colazione fu davvero triste, e nei confronti di Palla di sego era subentrata una sorta di freddezza poiché la notte, che porta consiglio, aveva alquanto modificato le opinioni. Ora quasi gliene volevano, alla ragazza, per non essere andata a trovare segretamente il prussiano, in modo da predisporre, al risveglio, una bella sorpresa per i compagni di viaggio. Che cosa c'era di più semplice? E chi, del resto, avrebbe mai potuto saperlo? Avrebbe persino potuto salvare le apparenze facendo sapere all'ufficiale che lo faceva perché presa da compassione per l'angoscia dei suoi compagni di viaggio. Che importanza poteva avere per lei, del resto?

Nessuno però esprimeva ancora questi pensieri.

Durante il pomeriggio, poiché si annoiavano a morte, il conte propose di fare una passeggiata nei dintorni del paese. Tutti si coprirono a dovere e la piccola compagnia si avviò, eccezion fatta per Cornudet, che preferì rimanersene accanto al fuoco, e per le due suore, che trascorrevano la giornata in chiesa o dal curato.

Il freddo, ogni giorno più intenso, molestava il naso e le orecchie; i piedi erano talmente indirizziti che ogni passo era una tortura; e quando poterono ammirare la campagna, si mostrò talmente lugubre sotto quel biancore sconfinato, che tutti rientrarono assai presto, l'anima gelata e il cuore stretto stretto.

Le quattro donne camminavano davanti, i tre uomini le seguivano restando un po' indietro.

Loiseau, che aveva capito la situazione, chiese d'un tratto se «quella sgualdrina» li avrebbe fatti rimanere ancora per molto tempo in un luogo simile. Il conte, sempre compito, disse che non si poteva imporre a una donna un sacrificio così penoso, doveva insomma essere una decisione sua. Carré-Lamadon osservò che se i francesi avessero compiuto, come si opinava, una controffensiva da Dieppe, lo scontro non poteva non avere luogo a Tôtes. Questa riflessione preoccupò gli altri due.

Loiseau disse: "E se fuggissimo a piedi?"

Il conte scrollò le spalle. "Ma ci pensate, con questa neve e le donne? E poi, ci inseguirebbero subito, in dieci minuti ci riprenderebbero. Prigionieri, saremmo alla mercé della soldataglia."

Era vero: nessuno disse più niente.

Le signore chiacchieravano di moda, ma un certo malumore sembrava insinuarsi tra loro.

All'improvviso, in fondo alla strada, comparve l'ufficiale comandante. Sulla neve che chiudeva l'orizzonte si stagliava col suo vitino di vespa in uniforme. Marciava a gambe larghe, con quella tipica andatura dei militari quando si sforzano di non sporcare gli stivali lucidati con cura.

Fece un inchino passando accanto alle signore, e lanciò un'occhiata sdegnosa agli uomini, i quali peraltro ebbero la dignità di non togliersi il cappello, sebbene Loiseau accennasse a levarselo.

Palla di sego era arrossita fino alle orecchie; le tre signore si sentirono profondamente umiliate per avere incontrato quel soldato in compagnia della ragazza che lui aveva trattato con tanta arroganza.

Cominciarono allora a parlare di lui, del suo contegno, del suo viso. La signora Carré-Lamadon, che aveva conosciuto parecchi ufficiali e che pertanto se ne intendeva, trovava che non poi così male; le dispiaceva persino che non fosse francese, perché sarebbe stato un magnifico ussaro, tale da fare sicuramente impazzire le donne.

Una volta rientrati in albergo, non seppero più che cosa fare. Corsero persino parole pungenti per cose di poco conto. La cena fu silenziosa e breve, e ognuno salì in camera, nella speranza di ammazzare il tempo dormendo.

La mattina dopo ricomparvero con i volti affaticati e con i cuori esasperati. Le donne quasi non rivolgevano la parola a Palla di sego.

Suonò una campana. Era per un battesimo. La paffuta ragazza aveva un figlio allevato da certi contadini di Yvetot. Lo andava a trovare appena una volta all'anno e a lui non pensava mai. Ora però il pensiero del bimbo che stavano per battezzare le mise addosso una tenerezza così improvvisa e violenta per suo figlio, che volle assolutamente assistere alla cerimonia.

Appena fu uscita gli altri si guardarono, poi avvicinarono le sedie poiché si rendevano conto che era giunto il momento di prendere una decisione. Loiseau ebbe un'ispirazione: proporre all'ufficiale di trattenere solo Palla di sego e di lasciare partire gli altri.

Follenvie si incaricò ancora una volta della commissione, ma ritornò quasi subito. Il tedesco, che conosceva la natura umana, lo aveva messo alla porta. Voleva trattenere tutti sinché non fosse stato soddisfatto il suo desiderio.

Esplose allora il temperamento popolano della signora Loiseau: "Non possiamo morirci di vecchiaia in questo posto! Dato che il mestiere della sgualdrina è farsela con tutti gli uomini, ritengo che non abbia il diritto di rifiutarne uno piuttosto che l'altro. Vi chiedo: a Rouen si è pigliata tutto quello che ha potuto trovare, persino i cocchieri! Proprio così, il cocchiere della prefettura! Lo so bene, dato che il vino lui lo acquista da noi. Ma adesso che si tratta di tirarci fuori da una brutta situazione, ecco che fa la complicata, quella smorfiosa! Trovo che il comandante si stia comportando benissimo. Forse si astiene da chissà quanto tempo, e probabilmente è noi tre che preferirebbe. Lui però si accontenta di quella che appartiene a tutti. Le rispetta, le donne sposate. Ma pensateci un attimo, il padrone è lui! Gli sarebbe bastato dire, 'Voglio quella', e ci avrebbe preso con la forza dai suoi soldati."

Le altre ebbero un piccolo brivido. Gli occhi della bella signora Carré-Lamadon mandarono un bagliore, poi impallidì alquanto, come se si sentisse già presa con la forza dall'ufficiale.

Gli uomini, che parlottavano in disparte, si avvicinarono. Loiseau, esasperato, voleva consegnare al nemico «quella miserabile» legata mani e piedi. Ma il conte, discendente da tre generazioni di ambasciatori e dotato perfino di un fisico da diplomatico, propendeva per l'astuzia. "Occorre persuaderla," disse.

Allora cominciarono a cospirare.

Le donne si unirono al gruppo, il tono delle voci si abbassò, e la discussione divenne generale. Ognuno voleva esprimere il proprio parere, peraltro sempre molto opportuno. Le signore soprattutto trovavano delle circonlocuzioni prudenti, delle espressione accattivanti per dire le cose più scabrose. Un estraneo non avrebbe capito niente, tanto era cauto il linguaggio. Ma essendo il pudore delle donne di questa terra un leggero strato superficiale, le signore stavano appassionandosi a questa avventura un po' spinta. Si divertivano insomma come matte. Rimestavano nell'amore con la sensualità di un cuoco goloso che prepari la cena ad altri.

Tornò l'allegria, tanto alla fine quella storia sembrò divertente. Il conte tirò fuori delle battute un po' ardite ma dette così bene che fecero sorridere. Dal canto suo Loiseau si produsse in facezie già più audaci, che però non urtarono nessuno; gli animi erano dominati dal pensiero espresso brutalmente da sua moglie: «Essendo il suo mestiere, perché rifiutare uno piuttosto che l'altro?» La gentile signora Carré-Lamadon sembrava anzi pensare che, al suo posto, avrebbe forse rifiutato un altro piuttosto che quello.

A lungo prepararono l'assedio, quasi dovessero assaltare una fortezza. E ognuno, concentrato sul ruolo che avrebbe avuto, pensava agli argomenti di cui si sarebbe servito, alle manovre che avrebbe condotto. Fu pianificato l'attacco, decise le astuzie da usare e le imboscate per costringere quella città vivente ad aprirsi al nemico.

Cornudet se ne stava in disparte, completamente estraneo alla faccenda.

L'attenzione di tutti era così concentrata che non sentirono entrare Palla di sego. Il conte allora bisbigliò: "Zitti!". Tutti gli occhi si alzarono. Era là. Calò il silenzio. Un certo disagio impedì dapprima di rivolgerle la parola. Ma la contessa, più usa delle altre alle doppiezze dei salotti, domandò: "Le è piaciuto il battesimo?"

La ragazza, ancora commossa, raccontò tutti i particolari: le espressioni, i gesti, l'addobbo stesso della chiesa. "Qualche volta fa proprio bene pregare," concluse.

Fino all'ora di colazione, le signore si limitarono a essere molto gentili con lei, per procurarsi la sua fiducia e renderla docile ai loro consigli.

Appena furono a tavola, cominciarono gli approcci. Sulle prime si trattò di una conversazione sul tema del sacrificio. Furono richiamati esempi antichi: Giuditta e Olofene; quindi, del tutto a sproposito, Lucrezia e Sesto; e Cleopatra che faceva transitare nel suo letto tutti i generali nemici per renderseli schiavi. Poi, dall'immaginazione di quei milionari ignoranti, scaturì una fantasiosa storia in cui le donne di Roma si recavano a Capua per addormentare fra le loro braccia Annibale, e con lui i suoi luogotenenti e le falangi dei mercenari. Citarono tutte le donne che avevano fermato il conquistatore, e reso i loro corpi campi di battaglia, mezzo per dominare, armi, e che avevano vinto con le loro eroiche carezze esseri bestiali o detestabili, sacrificando la propria castità sull'altare della vendetta e della dedizione.

Si parlò anche, ma velatamente, di quella inglese di grande famiglia che si era lasciata inoculare un male orribile e contagioso per trasmetterlo al Bonaparte, salvato miracolosamente da un'improvvisa cedevolezza nell'ora del fatale incontro.

E tutto ciò fu raccontato in maniera idonea, con tono accorto, nel quale talvolta emergeva l'entusiasmo necessario per sollecitare il desiderio di emulazione.

Insomma, si sarebbe potuto credere che la sola funzione della donna, sulla terra, fosse l'incessante sacrificio della propria persona, un continuo abbandonarsi ai capricci delle soldatesche.

Le due suore sembravano non capire proprio niente, perdute com'erano nei loro meditazioni. Palla di sego rimaneva silenziosa.

Per tutto il pomeriggio la lasciarono riflettere. Ma, invece di chiamarla 'signora' come avevano fatto sempre, dicevano 'signorina', senza che nessuno sapesse bene perché, come se avessero voluto farla scendere di un gradino nella stima che aveva usurpato, per farle comprendere la sua situazione vergognosa.

Nel momento in cui fu servita la minestra, Follenvie ricomparve ripetendo la frase del giorno prima: "L'ufficiale prussiano manda a chiedere alla signorina Élisabeth Rousset se abbia cambiato parere."

Palla di sego replicò seccamente: "No, signore."

Durante la cena, la coalizione sembrò tentennare. Loiseau usò tre espressioni infelici. Ognuno faceva sforzi per trovare nuovi esempi ma non ci riusciva; poi la contessa, forse senza intenzione, solo per un vago bisogno di rendere omaggio alla religione, interrogò la più anziana delle due suore sui grandi avvenimenti della vita dei santi. Ora, molti di loro avevano commesso azioni che sarebbero apparse criminali ai nostri occhi, ma la Chiesa assolve volentieri questi misfatti quando sono compiuti per la gloria di Dio o per il bene del prossimo. Era un argomento assai solido; la contessa ne approfittò. Allora, vuoi per una di quelle tacite intese, di quelle velate compiacenze in cui eccelle chiunque porti un abito religioso, vuoi semplicemente per l'effetto di una beata ignoranza, di una pietosa stupidità, la vecchia suora portò alla cospirazione un formidabile aiuto. Sembrava timida; si dimostrò ardita verbosa, violenta, per nulla turbata dalle incertezze della casistica. La sua dottrina era come una sbarra di ferro. La sua fede non vacillava mai. La sua coscienza non conosceva scrupoli. Trovava del tutto naturale il sacrificio di Abramo, perché lei stessa avrebbe ucciso il padre e la madre se ciò le fosse stato ordinato dall'alto; e nulla a suo avviso poteva dispiacere al Signore se l'intenzione era buona. La contessa, approfittando della sacra autorità della sua complice inattesa, la spinse a esprimere come una parafrasi edificante del celebre assioma morale che dice: «Il fine giustifica i mezzi».

Le domandò: "Sorella, dunque lei pensa che tutte le vie siano ben accette al Signore, e che Lui perdoni il fatto quando il motivo sia puro?"

"E chi dovrebbe dubitarne, signora? Un'azione in sé riprovevole diviene spesso meritoria per il pensiero che la ispira."

Continuarono così, distinguendo la volontà di Dio, prevedendo le sue decisioni, coinvolgendolo in cose che, per la verità, non lo riguardavano affatto.

Il tutto, detto in modo abile, discreto. Ogni parola di quella santa donna in cuffia, faceva una breccia nella indignata resistenza della cortigiana. Poi, cambiando un po' il discorso, la suora prese a parlare dei conventi del suo ordine, della superiora, di se stessa e della sua graziosa vicina, la cara suor Nicefora. Erano state chiamate a Le Havre per assistere negli ospedali centinaia di soldati colpiti dal vaiolo. Li descrisse, quei disgraziati, aggiungendo molti particolari sulla loro malattia. E così, mentre loro due erano qui, bloccate dai capricci di un prussiano, un gran numero di ragazzi francesi moriva, molti dei quali avrebbero potuto forse essere salvati. Curare i militari era la sua specialità: era stata in Crimea, in Italia, in Austria, e, parlando delle sue campagne, si rivelò a un tratto essere una di quelle suore pronte a tutto, che sembravano fatte apposta per seguire gli eserciti, raccogliere i feriti nella mischia della battaglia e, meglio di un comandante, fare rigare dritto con una sola parola i soldati più indisciplinati. Era una vera, buona suora da trincea, il cui volto pieno di cicatrici, sembrava l'immagine stessa della devastazione della guerra.

Dopo di lei nessuno disse niente, tanto pareva eccellente l'effetto raggiunto.

Appena la cena fu terminata, tutti salirono rapidamente nelle proprie camere, per ridiscenderne, il giorno dopo, solo nella tarda mattinata.

La colazione fu tranquilla. Bisognava pur lasciare al grano, seminato il giorno prima, il tempo di maturare e di dare i propri frutti.

La contessa propose una passeggiata per il pomeriggio; allora il conte, come convenuto, prese sotto braccio Palla di sego, attardandosi con lei dietro agli altri.

Le parlò con quel tono familiare, paterno, un po' superiore, che gli uomini posati usano con le ragazze chiamandola «figliola mia», e trattandola dall'alto della sua posizione sociale, della sua indiscussa onorabilità. Andò subito al nocciolo: "Così preferirebbe lasciarci qui, esposti come del resto lei, a tutte le violenze che potrebbero seguire a una disfatta dell'esercito prussiano, piuttosto che consentire a una di quelle compiacenze a cui tante volte si è abbandonata."

Palla di sego restò silenziosa.

Il conte la prese con la dolcezza, col ragionamento, col sentimento. Seppe restare «il signor conte» anche mostrandosi all'occorrenza galante, complimentoso e persino amabile. Esaltò il favore che avrebbe reso, parlò della loro riconoscenza. Poi a un tratto, con un sorriso, dandole del tu, disse: "E poi, mia cara, pensa che lui potrà vantarsi di avere assaporato una bellezza come non ce ne sono molte al suo Paese."

Palla di sego non aprì bocca e si unì agli altri.

Appena rientrata, salì in camera e non si fece più vedere. L'ansia era alle stelle. Che cosa avrebbe fatto? Che guaio se avesse resistito ancora!

Arrivò l'ora di cena. Invano la aspettarono. Entrando, Follenvie annuncio che la signorina Rousset era indisposta: si mettessero pure a tavola. Tutti drizzarono le orecchie. il conte si avvicinò all'albergatore e a bassa voce chiese:

"Ci siamo?"

"Sì."

Per convenienza il conte non disse niente agli altri, limitandosi a un cenno del capo. Un gran sospiro di sollievo si sprigionò da tutti i petti, subito l'allegria ricomparve sui volti. Loiseau gridò: "Caspita! Offro champagne a tutti, ammesso che ce ne sia," e sua moglie ebbe un attimo d'angoscia quando il padrone tornò con quattro bottiglie. Ognuno era diventato a un tratto chiacchierone e chiassoso; una contentezza un po' spinta riempiva i cuori. Il conte parve accorgersi che la signora Carré-Lamadon era piuttosto affascinante, il cotoniere fece dei complimenti alla contessa. La conversazione diventò animata, vivace, piena di frizzi.

A un tratto, Loiseau, con la faccia ansiosa e alzando le braccia, urlò: "Silenzio!" Tutti tacquero: sorpresi, subito impauriti. Lui allora sembrò tendere l'orecchio, alzò gli occhi al soffitto, ascoltò di nuovo e riprese, con voce tornata naturale: "Tranquilli, tutto bene".

Non capirono subito, poi sorrisero.

In capo a un quarto d'ora, ripeté la scenetta, e così parecchie volte nella serata: faceva finta di rivolgersi a qualcuno al piano di sopra, dandogli consigli a doppio senso, con il suo umorismo da commesso viaggiatore. Certe volte assumeva un'espressione triste, sospirava: "Povera figliola", oppure mormorava a denti stretti, con aria rabbiosa: "Togliti dalle scatole, verme di un prussiano!" Poi, quando nessuno ci pensava più, diceva in tono vibrante: "Basta, basta!" e aggiungeva come parlando a se stesso: "Purché ce la restituisca, non ce la faccia morire quel farabutto!"

Benché queste battute fossero di pessimo gusto, divertivano e non urtavano nessuno, perché lo sdegno, come tutto il resto, dipende sempre dall'ambiente, e l'atmosfera che a poco a poco si era creata intorno a loro era carica di fantasie piuttosto spinte.

Al dessert anche le signore fecero allusioni spiritose e discrete. Gli sguardi luccicavano. Avevano bevuto parecchio. Il conte, che conservava la sua apparenza di gravità anche nello scherzo, fece un paragone apprezzato con la fine dell'inverno al polo e la gioia dei naufraghi che vedono aprirsi una strada verso il sud.

Loiseau, eccitatissimo, si alzò con un bicchiere di champagne in mano, e disse: "Bevo alla nostra liberazione!" Tutti quanti lo imitarono applaudendo. Anche le due suore, spinte dalle signore, acconsentirono a bere un sorso di quel vino spumeggiante che non avevano mai bevuto. Dissero poi che sembrava una gazzosa al limone, solo più delicata.

Loiseau concluse: "Peccato che non ci sia un pianoforte: avremmo potuto improvvisare una quadriglia".

Cornudet non aveva detto una parola, non aveva fatto un gesto. Sembrava piombato in gravi pensieri; qualche volta si tirava rabbiosamente la lunga barba come volesse allungarla ancora di più. Alla fine, verso mezzanotte, mentre stavano per separarsi, Loiseau barcollando gli diede all'improvviso un colpetto sul ventre e farfugliò: "Non la vedo molto disponibile stasera. Come mai così silenzioso, caro cittadino?" Cornudet alzò improvvisamente la testa, e squadrando tutti con un'occhiata fiammeggiante e terribile, disse: "Io dico a voi tutti che avete commesso un'infamia". Si alzò, si avvicinò alla porta, ripeté ancora: "Un'infamia". Uscì.

Ci fu un attimo di gelo. Sbalordito Loiseau rimase di sasso. Ma subito si riprese e a un tratto cominciò a torcersi ripetendo: "L'uva non è matura, vecchio mio! Non è matura!". Ma siccome nessuno capiva, raccontò i famosi «misteri del corridoio». Ci fu allora un indicibile scoppio di ilarità. Le signore si divertivano come matte. Il conte e Carré-Lamadon ridevano con le lacrime agli occhi. Non ci potevano credere.

"Come, come... Ma siete sicuro? Lui voleva..."

"Vi dico che l'ho visto".

"E lei ha rifiutato..."

"Sì, perché il prussiano stava nella stanza accanto."

"Non è possibile".

"Ve lo giuro".

Il conte soffocava. Il cotoniere si teneva la pancia con tutte e due le mani. Loiseau continuava: "E quindi, capirete, la storia di questa sera non la trova divertente, nossignori!"

E tutti e tre ricominciarono a ridere fino quasi a star male — non riuscivano a respirare, tossivano.

Di sopra si separarono. Ma la signora Loiseau, che aveva il carattere dell'ortica, fece notare a suo marito, mentre stavano per infilarsi nel letto, che «quella civetta» della Carré-Lamadon aveva riso verde tutta la sera: "Lo sai come sono le donne, quanto ci tengono all'uniforme, che sia francese o prussiana per loro fa lo stesso. Che miserie, Signore Iddio!"

Durante tutta la notte, nell'oscurità del corridoio, corsero come dei fremiti, rumori lievi, percepibili appena, sembravano soffi, fruscii di piedi nudi, scricchiolii impercettibili. Tutti si addormentarono molto tardi, giacché sotto le porte filtrarono per molto tempo delle striscioline di luce. Lo champagne ha di questi effetti; si dice che renda il sonno agitato.

Il giorno dopo, un limpido sole invernale rendeva abbagliante la neve. La carrozza, finalmente pronta, aspettava davanti alla porta mentre un plotone di piccioni bianchi, pettoruti nel folto piumaggio, con l'occhio roseo segnato al centro da un punticino nero, passeggiava con aria seriosa fra le zampe dei sei cavalli, cercando qualcosa da mangiare nello sterco fumante che questi spargevano.

Il cocchiere, avvolto nella sua pelliccia di montone, curava la pipa già seduto a cassetta, mentre i viaggiatori, radiosi, facevano preparare in fretta qualche provvista per il resto del viaggio.

Mancava solo Palla di sego, che alla fine comparve.

Sembrava un po' turbata, vergognosa; avanzò timidamente verso i suoi compagni di viaggio i quali, tutti insieme, si voltarono come se non l'avessero vista. Il conte prese con dignità il braccio di sua moglie e la allontanò da quel contatto impuro.

La ragazza si fermò stupefatta; quindi, raccogliendo tutto il suo coraggio, sussurrò alla moglie dell'industriale tessile un umile «Buon giorno, signora». Quella si limitò ad accennare con la testa un piccolo saluto impertinente, accompagnandolo con uno sguardo di virtù offesa. Tutti sembravano indaffarati, e restavano lontano da lei quasi che si portasse sotto le sottane un'infezione. Poi si affrettarono verso la carrozza, dove lei giunse sola, per ultima, e riprese in silenzio il posto che aveva occupato nella prima parte del viaggio.

Sembrava che nessuno la vedesse, che nessuno la conoscesse.

Ma la signora Loiseau, squadrandola da lontano con aria indignata, disse a mezza voce a suo marito: "Per fortuna che non le sono accanto."

La pesante carrozza si mosse; il viaggio riprese.

Dapprima nessuno parlò. Palla di sego non osava alzare lo sguardo. Si sentiva nel contempo indignata con tutti e umiliata per avere ceduto, per essersi lasciata insudiciare dai baci di quel prussiano nelle cui braccia l'avevano ipocritamente gettata.

Poi la contessa, voltandosi verso la signora Carré-Lamadon, ruppe quel silenzio penoso. "Lei conosce, credo, la signora d'Etrelles".

"Sì, è mia amica."

"Che donna affascinante!"

"Incantevole! Davvero una persona di prim'ordine, e poi colta, un'artista fino al midollo. Canta in modo incantevole e dipinge alla perfezione."

Il cotoniere chiacchierava con il conte, e tra il fracasso dei vetri emergevano parole come «assegno», «scadenza», «premio», «a termine».

Loiseau, che aveva prelevato il vecchio mazzo di carte dell'albergo, unto da cinque anni di sfregamenti sui tavoli male asciugati, avviò una partita con sua moglie.

Le due suore presero dalla cintola il lungo rosario, fecero insieme il segno della croce, e di colpo le loro labbra cominciarono a muoversi rapidamente, accelerando via via quel loro indistinto mormorio in un susseguirsi di *oremus*; baciavano ogni tanto una medaglia, si segnavano di nuovo, e rincominciavano il loro rapido e incessante mormorio.

Cornudet, immobile, meditava.

Dopo tre ore di strada, Loiseau raccolse le carte dicendo: "Ho fame".

Allora sua moglie slegò un pacchetto dal quale estrasse un pezzo di vitello freddo. Lo tagliò abilmente in fette sottili e compatte, e tutti e due si misero a mangiare.

"Se facessimo lo stesso?" disse la contessa.

Tutti approvarono e lei scartò le provviste preparate per le due coppie. In uno di quei recipienti oblunghi che hanno sul coperchio una lepre di maiolica, per indicare che dentro c'è appunto del paté di lepre, c'erano, misti ad altri affettati, certi salumi succulenti sui quali candide striscioline di lardo attraversavano la carne scura della selvaggina. Su un bel pezzo di formaggio, incartato in un foglio di giornale, era rimasta stampata la dicitura "notizie di cronaca".

Le due suore scartarono un trancio di salame che sapeva d'aglio; e Cornudet, ficcando le mani nelle ampie tasche del cappotto, tirò fuori da una quattro uova sode e dall'altra un tozzo di pane. Tolse i i gusci che gettò ai suoi piedi nella paglia, e cominciò ad addentare le uova, facendo cadere sul suo barbone briciole giallo chiaro che sembravano, la dentro, delle piccole stelle.

Palla di sego, nell'ansia e nella fretta, non aveva pensato di premunirsi per il viaggio, e ora guardava esasperata, soffocando di rabbia, tutta quella gente che mangiava placidamente. Sulle prime si sentì attanagliata da una collera tumultuosa, e aprì la bocca per urlare a tutte quelle persone le ingiurie che le salivano alle labbra. Non riusciva però a parlare, tanto l'esasperazione le stringeva la gola.

Nessuno che la guardasse o pensasse a lei. Si sentiva annegare nel disprezzo di quei farabutti benpensanti che prima l'avevano sacrificata, e poi respinta come qualcosa di sporco e inutile. Pensò allora al suo grande paniere pieno di cose buone che proprio costoro avevano divorato, ai suoi due polli luccicanti di gelatina, ai suoi patés, alle pere, alle sue quattro bottiglie di bordeaux; e d'un tratto la sua furia venne meno così come una fune troppo tesa si spezza. Si sentì pronta a piangere. Fece sforzi immani per trattenersi, inghiottì i singhiozzi come una bambina, ma le lacrime erano lì pronte, già brillavano sull'orlo delle palpebre, e ben presto due lacrimoni si staccarono infatti dai suoi occhi e scivolarono lentamente lungo le gote. Ne seguirono altri, più rapidi: cadevano come gocce d'acqua che filtrano da una roccia, cadevano sulla generosa rotondità del suo seno. Lei però rimase dritta, lo sguardo fisso, la faccia rigida e pallida, sperando che nessuno la vedesse.

Ma la contessa se ne accorse e avvertì con un cenno suo marito, che scrollò le spalle come per dire: “Che volete, non posso farci niente.” La signora Loiseau ebbe un sorriso di muto trionfo, e mormorò: “Piange di vergogna”.

Le due suore, dopo avere riavvolto nella carta gli avanzi del salame, si erano rimesse a pregare.

Allora Cornudet, che stava digerendo le uova, allungò le gambe sotto il sedile di fronte, si buttò indietro, incrociò le braccia, sorrise come chi abbia appena avuto un'idea brillante, e si mise a fischiettare la *Marsigliese*.

Tutte le facce si rabbuiarono. L'inno popolare non piaceva affatto ai suoi compagni. Diventarono nervosi, agitati, sembravano pronti a urlare come dei cani che sentano un organetto di Barberia.

Cornudet se ne accorse e insistette più che mai. Ogni tanto canticchiava perfino le parole:

Amour sacrè de la patrie,
Conduis, soutiens, nos bras vengeurs,
Liberté, liberté chérie,
Comabts avec tes défensuer

Adesso viaggiavano più veloci perché la neve si era rassodata; e fino a Dieppe, nelle lunghe, noiose ore di viaggio, fra gli scossoni della carrozza, nel crepuscolo e poi nell'oscurità profonda della carrozza, Cornudet continuò con un'ostinazione feroce il suo fischiettio vendicativo e monotono, costringendo gli animi stanchi ed esasperati a seguire il canto dal principio alla fine, a ricordarne ogni parola, ogni singola nota.

Palla di sego continuava a piangere; ogni tanto un singhiozzo che non era riuscita a reprimere s'intrufolava tra una strofa e l'altra, lì nelle tenebre.

Un caso d'incesto

Signora, lo ricorda il nostro litigio nel salottino stile giapponese, quando parlammo di quel tal padre che aveva commesso un incesto? Ricorda con quale sdegno reagì, con quale violenza mi rispose, ricorda la collera con cui mi investì — e ricorda cosa dissi in difesa di quell'uomo? Mi condannò, quel giorno. Ora io chiedo una sentenza di appello.

Nessuno, mi disse allora, potrebbe mai assolvere chi si sia macchiato di una simile infamia. Ebbene, ho deciso di raccontare a tutti quel dramma.

Forse qualcuno, pur non giustificando una colpa tanto brutale e laida, potrà capire l'impossibilità di lottare contro certe fatalità che paiono le fantasie orrende di una natura che sa imporcele.

L'avevano dunque fatta sposare a sedici anni a un uomo anziano e inflessibile, un vero affarista che ambiva alla sua dote. Lei era bella, bionda, allegra e ricca di sogni, sempre protesa verso un'ideale felicità. Con quel matrimonio la delusione le trafisse il cuore e glielo spezzò. Improvvisamente capì cosa sia la vita, un futuro ormai perduto, le speranze per sempre deluse. Non le restava che un desiderio: un bambino cui dare tutto il suo amore. Ma non ne ebbe.

Trascorsero così due anni. Poi si innamorò. Era un giovane di ventitré anni, innamorato anche lui alla follia. Si chiamava Pierre Martel. Lei, comunque, seppe resistergli a lungo. Poi, una sera d'inverno, accadde che rimasero soli nella casa di lei. Era stato invitato per il tè. Si erano seduti accanto al fuoco, su un piccolo sofà. Stavano lì in silenzio, attanagliati dal desiderio, le labbra che ardevano per quella sete che le spinge ad accostarsi ad altre labbra, le braccia che volevano schiudersi, stringere. La lampada velata spandeva una luce intima e raccolta.

Entrambi un po' a disagio si scambiavano di tanto in tanto una parola, ma appena i loro sguardi s'incrociavano ecco che un brivido trapassava loro il cuore.

L'educazione che riceviamo è nulla al cospetto della violenza degli istinti. Forse che il pudore sa opporsi all'irresistibile volontà della natura? Le loro dita si sfiorarono come per caso. Bastò. La veemenza dei sensi li gettò l'uno nelle braccia dell'altra. Lei si arrese.

Rimase incinta. Fu l'amante o il marito? Senza dubbio l'amante. Fu presa da un terrore irrazionale: cominciò a pensare che sarebbe morta di parto e fece giurare all'uomo che l'aveva avuta che avrebbe per sempre vegliato sul figlio, senza mai nulla rifiutargli, dedicandosi a lui anima e corpo a costo di commettere un delitto pur di renderlo felice.

Diventò, questa sua, un'ossessione che sfiorava la pazzia: più si avvicinava il momento del parto, più questi pensieri la divoravano. Morì dando alla luce una bambina.

Il giovane piombò in una disperazione immane, così terribile che non riusciva a nasconderla. Il marito rimasto vedove ebbe dei dubbi, pensò forse che la bimba non poteva averla generata lui. Fattostà che chiuse la porta a chi si riteneva il vero padre e gli nascose la figlia, facendola allevare in un luogo segreto.

Trascorsero così molti anni e Pierre Martel dimenticò, perché tutto si dimentica. Divenne ricco, ma non si sposò e non si innamorò più. Viveva come tanti altri: quietamente, tranquillamente. Aveva perduto le tracce del marito ingannato e quindi della bambina che credeva sua.

Poi, una mattina, gli fu recapitata una lettera in cui veniva informato della morte del suo rivale di una volta. Provò come un turbamento, un rimorso. Cos'era accaduto alla bambina, alla *sua* bambina? Forse poteva fare qualcosa per lei. Fece compiere delle ricerche e apprese che la bimba era stata affidata a una zia, e viveva quasi nella miseria.

Decise di vederla, di aiutarla. Si presentò dunque alla zia, ma il suo nume non suscitò alcun ricordo. A quarant'anni era ancora molto giovanile. Lo accolsero in casa, ma non osò rivelare di avere conosciuto la madre, temendo che ciò potesse fare sorgere dei sospetti. Ma appena la fanciulla entrò nel soggiorno dove lui aspettava di vederla, fu colto da una meraviglia piena di timore: era lei! Era la morta! La medesima età, i medesimi occhi, gli stessi capelli, lo stesso portamento, lo stesso sorriso, la stessa voce.

Gli sembrò d'impazzire. Perdette la testa. L'amore sfrenato di un tempo tornò a ribollirgli nel cuore. Anche la fanciulla era allegra, semplice, innocentemente disponibile.

Quando Pierre Martel tornò a casa sua dopo quell'incontro capì che l'antica ferita si era riaperta e pianse amaramente: pianse la morta circondato dai ricordi di allora, perseguitato dalle parole che gli aveva detto, preda di nuovo di una disperazione senza speranza.

Cominciò dunque a frequentare la povera casa della fanciulla. Non riusciva a distaccarsene, a fare a meno dei suoi discorsi allegri, del movimento della sua veste, delle sfumature della sua voce. Confondeva nei pensieri e nel cuore madre e figlia e dimenticava ogni distanza e il tempo trascorso, finanche la morte. Continuava ad amare la madre nella figlia e non cercava di capire o di sapere, né si domandava se quella fanciulla fosse davvero sua figlia.

A volte però vedendo la povertà in cui viveva si sentiva torturare. Ma cosa poteva fare? Darle del denaro? Con quale scusa? Farle da tutore? Non sembrava certo abbastanza vecchio: tutto lo avrebbero preso per il suo amante. Trovarle allora un marito? Il pensiero lo spaventò. Ma chi l'avrebbe sposata? Era senza dote, senza niente.

La zia lo controllava, avendo capito che si era innamorato della fanciulla. Lui intanto aspettava. Ma cosa?

Una sera restarono soli. Parlavano del più e del meno, vicini, sul sofà del soggiorno. Improvvisamente lui le afferrò la mano, ma con un gesto paterno. La strinse tra le sue, suo malgrado turbato nelle emozioni e nei sensi e più non seppe respingere la mano che lei aveva abbandonato tra le sue. La giovane gli cadde tra le braccia.

Lo amava, lo amava disperatamente come sua madre lo aveva amato, quasi che avesse da lei ereditato questa passione. Sempre più smarrito Pierre Martel posò le labbra su quei capelli biondi e mentre lei, come per scansarsi, sollevava il capo le loro labbra si incontrarono.

Ci sono dei momenti in cui si precipita nella follia. Divennero folli.

Quando, più tardi, si ritrovò nella via prese a camminare senza nulla capire, senza sapere dove andava.

Signora, ricordo bene la sua esclamazione di sdegno: "Gli restava una sola cosa da fare: uccidersi!" Rammenta cosa le risposi? "E lei? Avrebbe dovuto uccidere anche lei?"

La fanciulla lo amava perdutamente, fino alla pazzia. Una passione fatale, ereditaria, l'aveva gettata vergine e stordita sul petto di quell'uomo. Se lui si uccidesse, che ne sarebbe di lei? Certo ne morirebbe. Disonorata, in preda alla disperazione, schiacciata dalla vergogna.

Dunque che fare? Abbandonarla, darle una dote, un marito? Sarebbe comunque morta: di dolore, senza mai accettare né denaro né marito, essendosi ormai data a lui.

E lui le aveva spezzato l'esistenza, l'aveva privata di ogni possibile felicità. L'aveva condannata a una miseria perpetua, alla disperazione eterna, all'eterno fuoco, alla solitudine o alla morte. Inoltre, lui l'amava! Certo con orrore, ma anche con forza. Era sua figlia, certo. La fecondazione fortuita, la brutale legge della riproduzione, il cedimento di un istante avevano reso figlia sua questa creatura slegata da lui da qualsivoglia vincolo legale, che lui amava come ne aveva amato la madre e forse anche di più, quasi che due passioni si fossero unite in lui.

Eppoi, era davvero figlia sua? Comunque, che importanza aveva questo fatto? Chi l'avrebbe mai saputo?

Gli tornavano infuocati i giuramenti fatti alla morta: aveva promesso di fare ogni cosa per rendere felice la figlia, anche a costo di commettere un delitto. L'amava sempre più, e sempre più si lasciava immergere in quel suo misfatto odioso e dolcissimo. Il desiderio lo bruciava. Chi mai avrebbe potuto scoprire la verità... L'altro, il padre, era morto.

"Così sia," si disse infine. "Questo infame segreto mi spezzerà il cuore, ma siccome lei non lo saprà mai, sarò io a portarne i peso."

Chiese la sua mano e la sposò.

Non so se sia stato felice; ma, signora, al suo posto non mi sarei comportato diversamente.

Padre Giuda

Era un paese che faceva impressione, come segnato da una grandiosità quasi religiosa e da una sinistra desolazione.

Nel mezzo di un ampio cerchio di colline aride, dove crescevano solo giunchi e ogni tanto una quercia contorta dal vento, si apriva uno stagno selvatico nella cui acqua nera e immobile stormivano a migliaia le canne.

Sulle rive di quello stagno lugubre si ergeva solitaria una casupola abitata da un anziano barcaiolo, Père Joseph, il quale si procurava da vivere con la pesca. Ogni settimana vendeva il pesce nei villaggi vicini e tornava con le poche provviste che gli bastavano per tirare avanti.

Decisi di conoscere quell'eremita e lui mi invitò ad andare con lui a recuperare le reti. Accettai. Aveva una barca vecchia, decrepita rozza. Lui, ossuto e sottile remava con gesti monotoni, suscitando un movimento tranquillo che blandiva l'anima subito avvolta dalla malinconia di quei paraggi.

Mi sembrava d'essere ritornato ai primordi del mondo, in un paesaggio antico, su una barca primitiva condotta da un uomo che non aveva età.

Tirò dunque le reti e con gesti biblici gettò sul fondo i pesci. Poi volle farmi vedere un angolo della palude e scorsi d'un tratto sulla riva opposta un rudere, come una capanna sventrata, il muro marchiato da una croce che pareva di sangue, enorme e scarlatta sotto il sole che tramontava.

"Quella cos'è?" volli sapere.

Lui si fece subito il segno della croce, e rispose: "Là è morto Giuda."

Quasi mi ero aspettato una risposta così strana. "Giuda? Giuda chi?"

Il barcaiolo rispose: "L'Ebreo errante."

Allora gli chiesi di raccontarmi quella leggenda. Era però più di una leggenda: era una storia neanche troppo antica, giacché lui, Père Joseph, quel Giuda l'aveva conosciuto davvero.

Un tempo in quella capanna era vissuta una donna alta, una sorta di mendicante che viveva della generosità altrui. Chi le avesse dato quel rifugio Père Joseph più non lo ricordava.

Una certa sera arrivò in quei paraggi, trascinandosi a fatica, un vecchio con una lunga barba bianca: gli si sarebbero dati almeno duecento anni! Andò a chiedere l'elemosina proprio a quella poveretta, che gli disse, "Nonno, vieni a sederti. Ciò che qui vedi è di tutti, perché da tutti proviene."

Il vecchio sedette su un sasso accanto alla porta. Divise il pane con la donna, poi anche il giaciglio di foglie secche e la casa. Non andò più via. Il suo vagabondare si era compiuto. Mi spiegò Père Joseph: "Questo l'aveva permesso la Madonna, poiché una donna aveva accolto Giuda nella sua dimora."

Infatti il vecchio viandante era l'Ebreo errante.

In paese non lo capirono subito, ma poi il pensiero si fece strada perché quel vecchio camminava continuamente, tanto era abituato a farlo. C'era un altro motivo per sospettare. La donna che aveva accolto lo sconosciuto aveva fama di ebrea, perché nessuno l'aveva mai vista in chiesa. Per dieci leghe intorno tutti infatti la chiamavano "l'Ebrea". Se i bambini la vedevano avvicinarsi per domandare la carità, subito strillavano: "Mamma, mamma, c'è l'Ebrea!"

Il vecchio e la mendicante presero a girare nei paesi vicini, tendendo la mano e balbettando preghiere all'indirizzo dei passanti. Capitavano a tutte le ore, oppure li vedevano mangiare un tozzo di pane sotto un qualche albero solitario nell'arsura del pomeriggio.

In paese cominciarono a chiamare il mendicante "Padre Giuda".

Ma un giorno portò a casa nella bisaccia due maialetti vivi che gli avevano dato in una casa colonica perché aveva guarito il contadino da un male. Di lì a poco smise di andare a chiedere la carità, preso com'era dall'incombenza di far pascolare i suoi maialetti: li accompagnava in riva allo stagno, sotto le querce solitarie, nei piccoli avvallamenti intorno. La donna, invece, continuava a mendicare, poi ogni sera rincasava per stare con il suo compagno.

Nemmeno lui andava in chiesa, e nessuno l'aveva mai visto segnarsi davanti ai capitelli. Di questo si chiacchierava parecchio. Una notte la sua compagna cadde in una fortissima febbre — tremava come un panno al vento. Il vecchio arrivò in paese in cerca di medicinali, poi si chiuse nella capanna con lei e per sei giorni nessuno più li vide. Il parroco, sentendo dire che "l'Ebrea" era moribonda, andò da lei per gli ultimi sacramenti. Del resto, non era affatto sicuro che fosse ebrea. Tanto valeva tentare di salvarle l'anima.

Bussò dunque alla porta della capanna e Padre Giuda si stagliò sulla soglia, ansimando, gli occhi infuocati, la barba che si agitava come un torrente. In una lingua ignota gridò delle bestemmie e protese le braccia ossute per impedire al prete di entrare.

Il parroco si provò a ragionare, offrì del denaro e anche le sue cure, ma il vecchio continuava a insultarlo e con le mani faceva il gesto di scagliargli addosso dei sassi. Allora il prete si allontanò, inseguito dalle maledizioni del mendicante.

Il giorno dopo la compagna di Padre Giuda morì. Lui stesso la seppellì davanti alla porta. Era gente che contava talmente poco, che nessuno se ne curò. Il vecchio riprese a fare pascolare i suoi maiali in riva allo stagno e sui pendii. Ogni tanto mendicava per nutrirsi. Però non gli davano quasi nulla, a motivo delle dicerie. Sapevano tutti come quel giorno avesse accolto il parroco.

Un giorno scomparve. Era proprio la settimana santa. Uscì dalla mente di tutti. Poi, un pomeriggio, alcuni ragazzi e alcune ragazze che erano arrivati allo stagno sentirono nella capanna un grande fracasso. La porta era chiusa: i giovanotti allora la sfondarono e subito i due maiali fuggirono veloci come capre. Nessuno li vide più.

I ragazzi entrarono nella capanna e in terra rinvennero dei vecchi panni, il capello del mendicante, un paio di ossa, del sangue rappreso e nella cavità di un teschio qualche pezzettino di carne. I maiali l'avevano divorato.

Père Joseph concluse: "Accadde un venerdì santo, proprio alle tre del pomeriggio."

Io chiesi, "Com'è che lo sa?"

E lui: "Non possono esserci dubbi."

Non tentai nemmeno di fargli capire che gli animali affamati dovevano avere divorato il loro padrone morto all'improvviso nella capanna. Un fatto del tutto naturale.

La croce sul muro era apparsa una mattina e nessuno sapeva chi l'avesse tracciata con quell'insolito colore. E nessuno, da allora, aveva mai dubitato che tra quelle mura fosse morto l'Ebreo errante. Per un'ora lo credetti anch'io.

Indice

Finito di stampare nel mese di giugno 1994
dalle GRAFICHE BUSTI - Vago di Lavagno (VR)
per conto della Casa Editrice DEMETRA S.r.l.